冷徹な次期総帥が天然花嫁にドはまりしたので政略結婚して溺愛することにしました

★

ルネッタブックス

CONTENTS

Lunetta

【プロローグ】

結婚式を挙げた夜。

悩ましい息遣いが、ふたりの汗に濡《ぬ》れた素肌をしっとりと包んだ。

何度も何度も突き抜けるような頂点を味わわされた足は痙攣《けいれん》してびくびくと震え、足の指、踵《かかと》、くるぶし……花嫁の細い足首を掴《つか》んで大きく開かせた理人《りひと》が、濃厚な口づけを落としていく。

膝の裏、太股《ふともも》を喰らい尽くすように情熱的にたどった唇はやがて、下肢の付け根へ。

もっとも敏感で、敏感すぎてあまり触られたくない凝りを指の腹で擦り立てられる。先ほど式を終え、龍城《りゅうじょう》理人の花嫁となったばかりの詩寿《しず》は、びくっと全身を強張《こわば》らせた。

そこはすでに花婿の舌で散々に嬲《なぶ》られて、痛いほど充血して過敏になっている。これ以上、快感に耐えられる自信はなかった。

「ひあ……っ、それ、や……！」

詩寿は涙に霞《かす》んだ目を瞠《みは》って、ふるふるっと首を振る。

癖のないまっすぐな黒髪がベッドの上に散り、抜けるように白い肌は上気して、うっすらと薄紅色《うすべに》に染まる。

快感に潤《うる》んだつぶらな瞳も、キスで少し赤く腫《は》れた唇も、何もかもが初々《ういうい》しい。それでいて敏感で、営みの愉《たの》しみ方を知っている——。

否《いな》。

理人に、手取り足取り教えられた。

「お願い……もう、焦《じ》らさないで」

新妻のすなおな要求に、理人は蠱惑《こわく》的に笑う。

男らしい力強い線を描く眉はくっきりと濃く、薄い唇はやや酷薄《こくはく》そうな印象を与え、毅然とした風貌をしている。

代々続く名門の家柄の御曹司だが、世界に通用する企業戦士の冷酷さと、日本古来の男性らしい潔《いさぎよ》さを兼ね備えていることが、誇《ほこ》り高い立ち居振る舞いからよくわかる。

食物連鎖の頂点に君臨する肉食獣そのものの眼で、詩寿を愛おしそうに見つめる。

「わかった……力を抜け」

「…………ん」

ひくひくと待ちわびる入り口に、いきり立つ楔《くさび》が押し当てられる。

ぐじゅ、と湿った水音を立てて、腰骨が密着する。

蜜壷の最奥まで猛々《たけだけ》しいものが一気に入りこみ、詩寿は一瞬息を止めた。

熱いものが迸《ほとばし》り出て、太股を濡らす。

熱に浮かされたような、狂乱の時間《とき》が始まる。

「ああ、あ……」

陶然《とうぜん》と喉を反らせる詩寿に、理人がふっと微笑《ほほえ》む。

「気持ちいいか」

詩寿はちょっとの間、恥ずかしそうな顔をして黙り、それから観念したように頷《うなず》いた。

「……理人さんは？」

「俺を煽《あお》るな。明日、起き上がれなくなるぞ」

「それ、もう手遅れのような気がする……」

何度も交わって、全身が綿のように疲れているのに、まだ身体を離せない。もっともっと繋《つな》がっていたいのに、体力がもたない。

詩寿がつたない言葉遣いでそう囁《ささや》くと、理人の動きが激しさを増した。

目も当てられないくらい熱く、ぐっしょりと湿る奥を、滾《たぎ》るものが荒らす。

狂ってしまいそうなほど快楽を与えられている間は、まるで、人としての本性を暴かれているようだ。

もっと求めろ。

もっと乱れろ。

もっともっと、狂え――恋人たちは、淫《みだ》らな秘密を共有することを許されている。

指先でシーツを乱した詩寿は、ふと感じた違和感に目の端をかっと染めた。

「あ、や……！」

詩寿の視線の先。

花嫁の胎内から白濁が逆流して、太股から伝い落ちているのだ。

一種異様な、この感覚。

何度経験しても慣れない感覚に、詩寿は首を左右に振り、ぐずるようにしゃくり上げた。

「あぁ……、これ、いや……！」

「本当にいやなら、俺を投げ飛ばして逃げろ。見合いのときのように――」

出会った当初のことを思い出し、理人はくっくっと喉を鳴らす。

「あれは今思い出しても見事だったな。振り袖姿で暴漢を投げ飛ばした女は、後にも先にもお前だけだ」

あれは今から数ヶ月前――まだ早春のこと。

理人の腕の中で艶《なま》めかしく胸を喘《あえ》がせた詩寿が、ぷっと膨れた。

こうまで乱れさせられているのに、理人にいつまでもイニシアチブを取られっぱなしなのは悔しい。

「夫婦喧嘩《げんか》をしたら……」

キスマークをたっぷり散らされた首筋や鎖骨を露《あら》わにしたまま、理人のことを軽く睨《にら》む。

「理人さんのこと、遠慮なく投げ飛ばしてみせる……！」

我慢しきれずに吹き出した理人が、上機嫌で詩寿の足を抱え直した。

「新婚早々、夫婦喧嘩宣言か。それも結構。俺を相手にそんな口を利けるのは、お前くらいなものだ」

胸の赤い先端を新妻が悲鳴を上げるほど吸い上げてから、余裕たっぷりに目を眇《すが》める。

「やれるものならやってみろ。勝負はいつでも受けて立つ」

白濁で濡れる最奥をすさまじい勢いで揺すり立てられ、絶頂に次ぐ絶頂に意識が朦朧《もうろう》としていた詩寿が、両腕を伸ばして理人にしがみついた。

「ああああ…………っ」


詩寿の胎内に新しい命が宿るのは、この少しあとのこと。

まだ寒さが厳しい一月半ば、ふたりの出会いは——。

あまり、良いものとは言えなかった。

【1】

一月半ばの空気は、まだ正月の厳《おごそ》かな空気を残してすっきりと清らかに澄み切っている。

日本の経済界を牛耳《ぎゅうじ》ると言われている、『十二支《じゅうにし》』の一族——通称ドゥオデキム《12》の八番目の家柄、八条《はちじょう》家の娘である詩寿《しず》は仕事を定時よりも早く切り上げさせられ、父親によって半ば強引に自宅へ連れ戻されていた。

「パーティーは午後七時からでしょ？　私、少なくとも六時までは仕事するつもりでいたのに～……」

「それじゃあ遅い。若い女性の身繕いは、時間をかけなくては。ホテルへの移動時間も考えておかないといけないし、ほら、早く早く」

週末の金曜日、八条邸の和室ではメイド頭《がしら》の文恵《ふみえ》を始めとする女性陣が、着替えに必要な品を揃《そろ》えて待ち受けていた。

仕事に着ていった淡い色合いのスーツを脱ぎ、緩くまとめていた黒髪に櫛《くし》を入れて、手際良く着替えが始まる。

「パパは書斎で待っているからね。支度ができたらすぐ出発するよ」

「はーい……」

ドゥオデキム・コンツェルン次期総師である龍城《りゅうじょう》理人《りひと》のために、今夜、ドゥオデキム系列ホテルの最上級フロアであるエンパイアルームを貸しきって、花嫁選びのパーティーが開かれるのだ。

詩寿は花嫁候補のひとりとして招待されていたが、正直なところ、まったく気が進まない。

「結婚願望ないし、第一花嫁候補ばっかり、三十人も集めているんでしょ？　そういうやり方、私、好きじゃない」

詩寿に振り袖を着せかけながら、文恵が穏やかになだめる。

「まあまあ、お嬢さま。お相手はドゥオデキム・コンツェルンの次期総師なんですのよ？　お見合いひとつにしても、大がかりになるのは仕方ありませんわ」

ドゥオデキムの総師は代々国内外に強いパイプを持ち、政界にも大きな関わりを持つ。

その中でも次期総師である理人は学生時代、数ヶ国に留学していた経験を持ち、個人的に親しい王族も多いことから、政界に及ぼす影響力が絶大だと言われている。

ドゥオデキム・コンツェルンの歴史は、十二人の当主たちによって始まったことが由来だ。

そしてそれぞれの家にひとつずつ、十二支の動物が印《しるし》として振り当てられた。

中心である主家は龍を冠する龍城家、あとは子《ねずみ》が印の一条《いちじょう》家、丑《うし》の二条《にじょう》家、寅《とら》を戴く三《さん》条家《じょう》……と、十二の家柄が現代に到るまで、どの家も途絶えることなく続いている。

血縁関係よりもビジネスでの繋《つな》がりを重視するドゥオデキムでは、一族同士の婚姻はあまり結ばれない。

だが今回、総帥が次期総帥である理人の妻に同族の娘を望んでこのパーティーを開いたとあって、未婚の娘を持つ親たちの気合いの入りようは生半可なものではなかった。

コンツェルンを挙げての一大イベントと言ってもいい。

次期総帥、現在は本社社長と関連企業の代表取締役など複数の役職を兼ねる二十八歳の理人は眉目秀麗文武両道、世界最高峰の教育を受けて育った超一流の企業戦士である。

オックスフォード大学でイギリス王族と机を並べ、優秀な成績で卒業したのちは日本に戻り、コンツェルン全体を背負って立つ総帥のもと、実働隊のトップとして辣腕《らつわん》を振るっている。

冷静にして冷酷な仕事ぶりは、時に人を震え上がらせることもあり——ゆえに、血が通わない冷徹な支配者、と一部で陰口を叩《たた》かれることもあった。

理人本人は非の打ちどころのない完璧に整った目鼻立ちをしていて、特に氷のように鋭《するど》い双眸《そうぼう》に見据《みす》えられると、誰もが声もなくひれ伏してしまうような迫力がある。

それだけに、かすかに微笑《ほほえ》むと、一瞥《いちべつ》で相手を魅了してしまう不思議な魅力があった。

無条件で相手を従わせることができる帝王の目、と称されるゆえんだ。

海外のセレブたちと並んでも引けを取らない一八〇センチを優に超える長身に、クールな顔立ちの御曹司――とあれば、メディアが放っておくわけがない。

経済誌はもちろん、ファッション誌などでもしょっちゅう顔写真が掲載され、野性味を秘めた涼しげな容姿に惚《ほ》れこみ、熱を上げる女性も多かった。

もっとも本人は仕事だから取材に応じているだけで、個人的にはインタビューの類《たぐい》はあまり好まないらしいのだけれど――。

この春に、理人は二十九回目の誕生日を迎える。それまでに、結婚して身を固めることが総帥の命令だ。

いつまで経っても身を固めようとしない理人に、総帥はこれ以上猶予《ゆうよ》を与えない。

都内でもっとも格式の高い結婚式場がすでに押さえられ、まだ見ぬ花嫁のための支度も着々と調えられ始めている。

あとは、理人が妻となる女性を選べばいいだけ。

メイドたちが詩寿の黒髪を華やかに結い上げ、化粧を直してから、絢爛《けんらん》豪華な袋帯を締めて仕上げにかかる。

その間詩寿は完全に、されるがままだった。

「龍城家は名門中の名門ですし、女性にとっては、望みうる限り最高の玉の輿ですわ。その方のお見合いパーティーだなんて、まるでシンデレラの舞踏会みたいでときめきません？」

詩寿が生まれる前からこの屋敷に仕え、「ばあや」と呼んで慕《した》うメイド頭は、浮かない様子の詩寿に、優しく語りかける。

「お気持ちはわかりますけど、きっと、今夜は大盤振る舞いですわよ。美味しいお料理とお酒を楽しんでいらしたらいかがでしょう?」

詩寿は、小さくため息をついた。

「そうね。せっかく行くんだから、楽しんでくるわ」

※

龍城理人はその日、朝から不機嫌だった。

「社長。このあと、パーティーは午後七時から開始の予定でございます。そろそろお支度を」

「わかっている」

ドゥオデキム本社の社長室のデスクに陣取り、急ぎの仕事をあらかた片付け終わったものの、まだ席を立とうとしない。

長い足を高く組み、腕を組んで、ため息をつく。

できることなら、すっぽかしてしまいたい、というのが偽《いつわ》らざる本音だった。

毎日分刻みのスケジュールで多忙を極めているぶん、週末は優雅に羽を伸ばすのが彼の流儀だ。

一夜限りの相手に限定していても、理人の相手をしたがる女性は山ほどいる。

今夜ばかりはそういうわけにもいかず、花嫁候補と引き合わせると言われて、気が重かった。

「総帥のご指示どおりの条件を満たした花嫁候補は全部で三十人いましたので、今夜はその全員がご挨拶《あいさつ》に参られます。どうぞ、お逃げになりませんよう」

見合いも結婚も乗り気でないことを隠しもしない理人は、秘書の六条海流《ろくじょうかいる》のその報告に、ぎょっとしたように顔を引き攣《つ》らせた。

「……なんだって？　三十人もかき集めたのか？」

「はい」

「親父殿め……何がなんでも結婚させる気だな」

ドゥオデキムにおいて、総帥の決定は絶対だ。

そして独身貴族を謳歌《おうか》してきた理人自身、そろそろ身を固めなければいけないことも重々承知している。

龍城家は代々早婚の習わしがあるので、二十五歳を過ぎればもうかなり遅い。今まではなんだかんだと躱《かわ》し続けてきたが、そろそろ潮時なのも事実だった。

「さあ、花嫁候補の令嬢方がお待ちかねですよ。お召し替えを。ドレスコードはフォーマルですから、スーツで出席なさるわけには参りません」

理人は苛立《いらだ》たしそうに、黒髪を片手で梳き上げた。

「ひとごとだと思って、気楽なものだな」

理人が恨めしそうに睨《にら》んだ先には、クールな第一秘書の姿がある。

龍城理人の腹心の秘書——海流は長身の理人と並んでも見劣《みおと》りしないきりっとした目鼻立ちの男性で、十二支で言うところの『巳《み》』の家の子息である。

理人とはちょうど同い年、子どものころに通っていた武術の道場が一緒だった縁で学友として選ばれ、学生時代は海外留学にもすべて同行した。

もともと頭脳明晰、こまかいところまで気配りが行き届く性質で、さっぱりとした気性の持ち主だ。次期総帥だからといって理人に対してむやみに媚《こ》びへつらわないため、時々言動に遠慮がない。

海流は理知的な銀縁の眼鏡越しに理人を見やって、微苦笑を浮かべた。

「お父上肝いりの花嫁選びは、お気に召しませんか？」

「当たり前だ。相手も決めていないというのに、先に式場をセッティングされたんだぞ。そんなむちゃくちゃなやり方があるか。あの狸《たぬき》親父め」

ドゥオデキム・コンツェルンを率いる龍城家の男は旧華族の血を引く名家であるため、血を残すことは彼らの義務だ。

理人も例外ではない。

「理人さまがなかなか本命のお相手を作らないから、痺《しび》れを切らしたんですよ」

結婚とは後継ぎを得るための手段であり、だから結婚と恋愛は別だときっぱり割り切って考えることにしている。

「まだしばらくは気楽に過ごすつもりだったが、仕方ない。せいぜい花嫁は、父の面目が潰れない程度に大切にしてやるさ。どうせ政略結婚なんだ。後継ぎさえ産んでくれればそれでいい」

黙って立っているだけで女性が寄ってくるということもあり、理人は恋愛面においては、決してストイックではなかった。

むしろ、奔放《ほんぽう》だと言ってもいい。

ただし特定の関係の女性を作ると面倒なことになるので、どの女性とも一夜限り。

深入りはしないのが、彼の信条だ。

「結婚する前からその冷めようでは、お相手が気の毒というかなんというか」

海流は幼なじみとして、理人に同情するべきなのか、それとも未来の花嫁に同情するべきなのか、いまだに判断に迷っていた。

総帥から押しつけられた花嫁とコンツェルンのためだけにする結婚で、果たして理人が幸せになれるものだろうか――と。

「私はこのあとどうしても外せない用件がありますので一度席を外しますが、終わり次第、会場に向かいます」

「別に、急いで来る必要はないぞ。俺も今日中に花嫁を決めるつもりはない。適当なところで切り上げる」

理人の言葉を華麗にスルーして、冷静な秘書はぴしりと一礼した。

「お召し物は隣のウォークインクローゼットに一揃い用意してあります。それでは、お先に失礼します」

颯爽《さっそう》とした足取りで社長室を出て行った秘書の後ろ姿を見送り、理人も渋々立ち上がった。

扉の向こうでは専属のSPたちが、理人が出て来るのを待っている。

警視庁に所属するSPではなく、警備会社で特殊な訓練を受けた私設の警護たちだ。

地下の駐車場では専属の運転手も黒塗りの専用車をぴかぴかに磨き上げて、主人がやって来るのを待ち受けていることだろう。

「——親父殿のことだ。今日で決まらなかったら、決まるまで毎週見合いを強制されるだろうな……最悪、勝手にフィアンセを決められかねん」

カリスマ的な影響力を持つ総帥は多忙を極めているせいで、今日のパーティーには顔を出さない。

ひとり息子が身を固めて孫も無事生まれたら、早めに隠居するつもりでいるのかもしれなかった。

隠し扉を隔《へだ》てたウォークインクローゼットへ向かいながら、理人は指を挟んでネクタイの結び目を緩めた。

英国の軍服をルーツにしたネイビーのスーツを、理人は普段から好んで着用する。最強海軍と呼ばれた英国海軍と同じく、戦国時代の日本も、藍染めの黒いほど濃く染めたものを勝ち色と呼び、縁起を担《かつ》いで重宝していたという。

ネクタイを引き抜きかけた理人は、ふと手を止める。

「……待てよ」

パーティー会場に行って、着飾った娘たち三十人の相手をしなければならないと思うと、ぞっとする。

きっとどの娘もしとやかで躾《しつけ》が行き届き、当たり障りのない微笑みを浮かべ、決まり切った会話しかできない、つまらない娘たちだろう——そういう人間を、理人はあまり好まなかった。まるで、個性を感じられないからだ。

理人は退屈を何より嫌う。どうせ妻に迎えるのなら、理人を片時も退屈させない相手がいい。

「まあ、そんな相手に巡り会えることはないだろうがな」

けれど、少しくらい我がままに振る舞う権利は、理人にもあるはずだった。

着替えを取りやめ、一度は引き抜きかけたネクタイを締め直して、社長室を大股であとにする。

社長室前、左右に分かれた秘書たちのワークスペースを突っ切ってエレベーター前のフロアに向かうと、複数のＳＰたちが影のようについてくる。

そのうちのひとり、ＳＰたちのリーダー格である男が、怪訝《けげん》そうな顔をした。

「社長、お召し替えは……」

「いい。それより、お前のサングラスを貸せ。顔を隠すのにちょうどいい」

「は？」

「いいか。会場では俺のことを社長と呼ぶな。もちろん、名前も出すなよ。ボスとでも呼べ」

反射的にＳＰが差し出したサングラスで目もとを隠し、理人はにやりと笑った。

「花嫁候補たちを、こっそり観察する。会場には、『龍城理人』は用事でしばらく遅れると言っておけ」


ともすれば雪が降り出しそうなくらい冷えこんでいるにも拘《かか》わらず、白亜の宮殿のようなドウオデキム・コンツェルン系列ホテルの中は明かりが煌々《こうこう》と照らされ、大層賑《にぎ》わっていた。

お城のような正面エントランスの車寄せに次々と高級車が乗りつけ、盛装した客人たちが降り立っては、豪華絢爛に煌《きら》めくホテルの中へ吸いこまれていく。

身支度を整えた詩寿も父親と一緒に車から降り、開場の午後七時少し前に受付を済ませ、エンパイアルームへ入っていた。

「いらっしゃいませ。ウエルカムドリンクをどうぞ」

入り口付近にずらっと並ぶ黒服のウェイターが、詩寿にオレンジジュースの入ったグラスを渡そうとする。

詩寿はにっこり笑って首を振り、フルートグラスに入ったスパークリングワインを指差した。

ウェイターは少し慌てた様子で、スパークリングワインを差し出す。

「失礼いたしました。どうぞ」

「ありがとう」

二十五歳だというのに、未成年にしょっちゅう間違えられるのは、持って生まれた童顔のせいだ。もう慣れているし、半ば諦めもついている。

詩寿は桜《さくら》色の華やかな大振り袖がよく似合う、華奢《きゃしゃ》な乙女だ。

身長は同年代の女性たちよりやや低め、華奢な骨格をしているので体重も平均より軽い。

鴉《からす》の濡《ぬ》れ羽色と称される、まっすぐでさらさらな黒髪。

黒すぐりの実のようにつぶらで、好奇心にきらきらした瞳。

陽に当たってもあまり焼けない体質のようで、肌が抜けるように白かった。

おっとりと優しい顔立ちに、やわらかな曲線を描く頬のライン、そして小さな唇。

くい、とフルートグラスを傾《かたむ》けながら、詩寿は小さくぼやく。

声はあまり高くなく、けれど、響きがとてもまろやかだ。

「……美味し。このレベルのお酒がウエルカムドリンクだなんて、さすが本家。ぜいたくねぇ」

美味しいスパークリングワインで、現金なことに、機嫌がちょっぴり直る。

不躾《ぶしつけ》にならない程度に、詩寿は周囲を見回した。

都内でも屈指の豪華さを誇《ほこ》るエンパイアルームの広さは約二千平方メートル、単純計算でも千人以上を余裕で収容できるパーティー会場だ。

花嫁候補たち――ドゥオデキムの一族出身で結婚適齢期で未婚、その他総帥の求める条件を満たした女性――は、全部で三十人。

付き添いの親や親族たち、ドゥオデキム・コンツェルンの主立った重役たち、龍城家の親戚たち――身内だけでの内々の集まりのはずなのに、招待客はざっと見ただけでも三百人を超えている。

「もっとこぢんまりした集まりなのかと思っていたら、全然違った……まあさすがに、年末のパーティーほどの規模じゃないみたいね」

先月下旬にこのホテルで開催された数社合同の忘年会は盛況すぎて、エンパイアルームを貸しきっても収まりきらなかったくらいだ。

詩寿のような若い社員たちは別のライブビューイング会場に集められ、巨大モニター越しに龍城理人の年末の挨拶を聞いた。

その忘年会に比べればさすがに少ないけれど、ひとりの男性の妻を決めるためだけの集まりとしては桁《けた》外れで非常識だ、と詩寿は思う。

「……たったひとりの男性の結婚相手を決めるためにこんなお見合いパーティーを開くのは別にいいとしても、私まで巻きこまないでほしい」

「詩寿、どうした？　気分でも悪いのかい？」

顔見知りの社長と、脇に寄って話しこんでいた父親に顔を覗《のぞ》きこまれて、詩寿ははっと我に返る。

父親の八条高俊《たかとし》も今夜はドレスコードに従って、オーダーメードのタキシードで正装している。

お気に入りのアンティーク、未《ひつじ》を象《かたど》ったチェコガラスをカフスに使用して、ばっちり決めていた。仕事柄こういった本格的なパーティーに招待されることが多いので、正装が板についている。

「いいえ、なんでもないの。大丈夫」

「それならいいが。このあたりは混雑しているから、奥へ行こう。パパは一通り、挨拶回りもしなくてはいけないからね」

「お兄さまたちも来られれば良かったのにね」

「それは無理だ。今夜の招待客は、花嫁候補とその付き添いの保護者だけだよ」

高俊はドゥオデキム系列の関連会社のうちのひとつ、『アリエス』の社長で、普段詩寿は父の秘書をしている。

小学校から私立の女子校育ちで大学も女子大、アルバイトをしたことはなく卒業してすぐに高俊の会社に就職したから、世間のことはあまり知らなかった。

詩寿のすぐ背後で、大振り袖姿の若い女性が緊張しきった面持ちで母親の手を握り締めている。

「ああ、わたくし一体どうしましょう、お母さま……次期総帥にご挨拶するときに、何をお話ししたらいいのかしら。何をお話しすれば、お気に召していただけるかしら」

「落ち着きなさい。お母さまに任せて、あなたは黙ってにこにこしているのよ。万が一にも逆《さか》らったり、生意気な様子をお見せしてはいけないわ。よろしいこと？」

「はい、お母さま」

花嫁候補たちは大振り袖、付き添う母親たちは留め袖。

他の女性たちはイブニングドレスに身を包み、男性陣はほとんどがタキシードだ。ＳＰたちだけがダークカラーのスーツとサングラス姿で物々しい。

よく見れば会場のあちこちで、緊張しきった面持ちの花嫁候補たちが、親のアドバイスを真剣に受けている。

「……お父さま。次期総帥ってどんな方？　気難しいと聞いたことはあるけど」

「そうか。詩寿は直接お目にかかったことはないんだね。気難しくはあるだろうが、懐《ふところ》が広くて魅力的な方だよ」

詩寿は、理人のことは、総会でちらっと見かけたことがあるとか、インタビュー記事を見たことがある程度で面識はない。

ドゥオデキム一族は数が多すぎて全員と交流できないので、花嫁候補たちも、ほとんどが理人と初対面になるはずだった。

詩寿の隣で、高俊が楽しそうに視線を巡らせる。

「ドゥオデキムの女性たちは日ごろから和服を好んで着るから皆、着こなしていて壮観だねえ。うーん、眼福だ」

そうなのだ。

何かが遺伝子に刻まれているのか、ドゥオデキムの女性たちは和装を好む。

詩寿も動きやすいと思うのは洋服だが、和服はやはり落ち着く。

逆に男性たちは時々正装する際に羽織袴《はかま》を選ぶくらいで、普段は洋装で通すことのほうが多かった。

「ご夫人たちのドレス姿も麗《うるわ》しいし、留め袖姿の女性たちも綺麗《きれい》だ。娘を引き立てるためにわざとおとなしめの着物を着るその奥ゆかしさは、日本人ならではの美徳だねえ」

周囲をうきうきした様子で眺《なが》める高俊に、詩寿はため息をつかずにはいられない。

「……お父さま。こんな席でナンパしたりしないでね？　ダメよ？」

恋多き父親に釘を刺すと、高俊は肩を竦《すく》めた。

「私は、魅力的な女性を見ると放っておけない性分なだけだよ」

「まったくもう。お義母《かあ》さまとまた喧嘩《けんか》になっても知らないんだから」

時刻が午後七時を回り、フロアは、主役の登場を今や遅しと待ち構えている。

ホテル側の準備も、完璧に整えられているようだ。

床には、足首まで沈むくらいふかふかの赤い絨毯《じゅうたん》。おかげで、真新しい草履《ぞうり》を履いた足でもちっとも痛くならない。

吹き抜けの天井からは豪華なシャンデリアがいくつも下がり、会場を豪華に彩る。

あちこちにふんだんに飾られた生花の香り、泡立つ極上のスパークリングワインの香り、笑いさざめく紳士淑女のまとった香水。

——シチュエーションだけなら、ばあやの言うとおり、お伽噺《とぎばなし》の舞踏会みたいで素敵《すてき》なんだけど。

結婚願望もないのに無理に連れて来られた身としては、いまいちこのパーティーの雰囲気《ふんいき》に馴染《なじ》めなかった。

「私も、他の皆さんみたいにおとなしく振る舞ったほうがいいの？　でも、お見合いだからって取って付けたような振る舞いをするのはなんか違う気がするし」

邪魔にならないよう隅に寄って立ち止まり、グラスを一息に空ける。

見かけによらず酒豪の詩寿にとって、軽めのスパークリングワインなどはほとんどジュースと同じだ。

ワゴンにドリンクのお代わりを乗せて運ぶウェイターが、それを見て空のグラスを受け取り、新しいスパークリングワインを差し出した。

それを見て、高俊は少し心配そうに眉根を寄せる。

「詩寿。今日は、飲みすぎないよう注意してくれ」

「え～……」

「詩寿は性格はマイペースで天然だけど、黙っていさえすれば、成人しているとは思えないくらい可愛いんだし。わかったね？」

「たぶん、次期総帥だって私になんか目を留めないと思うわ。だから期待しないで」

ぷい、と顔をそらす。

「それに私、天然じゃないもん」

「天然の人は皆そう言うんだ」

「早くご挨拶を済ませて帰りたい。次期総帥、まだかしらね。そろそろいらっしゃる時刻でしょ？」

来たばかりだというのに帰る気満々の愛娘《まなむすめ》に、高俊は嘆息した。

「理人さまの花嫁に選ばれたら、名誉もぜいたくも望みのままだっていうのに、詩寿は変わった子だね。詩寿が龍城家に嫁げば、『アリエス』の事業拡大も夢じゃないんだよ」

「女性の全員が全員、結婚イコール幸せってわけじゃないでしょ？　私の場合、身近に失敗例もいるし」

高俊は、ぐっと言葉を呑《の》みこんだ。

彼は一生をかけて理想の愛を求めるタイプで、そのために娘に迷惑をかけていることは重々承知しているからである。

結婚も離婚も数回経験しているし、授かった子どもたちは全員腹違いだ。

「そ、それにしても……若い娘なら誰でも、王子さまと結婚したいものじゃないのかい？　パパが女性だったら、喜んで理人さまのプロポーズを受けちゃうけどなあ」

高俊が、もったいない、というふうに首を振る。

「いや、むしろ、パパのほうからプロポーズしに行くと思うね。勝ち組確定の人生だよ」

高俊はすらりと引き締まった体躯《たいく》に、五十代にはとても見えない彫りの深い、若々しい顔立ち。

趣味のヨットで鍛《きた》えた身体はスマートで、独特の匂うような色気がある。

すっきりとした清潔感のあるビジュアルで、人当たりが良く、とにかく美しい女性に目がない。

ブランドものをさりげなく普段使いし、見た目にも気を配って、あまさと渋さの両方をバランスよく兼ね備えているから、声をかけられた女性たちは大抵ころりと落ちる。

今まで一度も男性とお付き合いしたことがない堅い詩寿とやわらかすぎる高俊はベクトルが正反対だが、どういうわけか、昔から親子仲は良かった。

「他の方がどうかは知らないけど、勝ち組とかって他人の評価は必要ないわ。私は自分の幸せは自分で選びたいし、自分で掴《つか》みたいの。押しつけられるのはまっぴら」

「そういう本音は、屋敷に帰ってから聞かせておくれ。ここじゃあ、いろいろと差し障りがあるかもしれないから」

詩寿ははっと気がついて、反省した。

「……うん。そうする。ごめんなさい」

確かに、ここではどこで誰が聞いているかわからない。

「まあ、八条社長。お久しぶりですこと。お変わりなくて？」

知り合いの女性に声をかけられた高俊が、しゃきっと背筋を伸ばした。

「詩寿、パパはあちらにご挨拶をしてくるから。しばらく、ここにいなさい」

意気揚々と、イブニングドレスの女性たちの輪の中に向かっていく。

踊るような足取りだった。

「まったくもう。言ったそばから……」

詩寿は、頭痛をこらえるように目をつぶって首を振る。

二十五歳ともなると、この手の問題はいろいろ出てくる。

そこそこ名のある家に育ったせいで、高校に入ったあたりから縁談はちらほらあった。

似たような家柄の友人たちも学生のうちに婚約し、中には大学を卒業したのち、すぐ結婚する人もいた。

「――恋愛も結婚も、大人になったからといって、必ずするものではないと思うんだけど……」

もっと言えば、二十代後半になると早く結婚しろと迫られるのも違和感がある。

妊娠出産を考えれば早いほうがいいのかもしれないが、詩寿は子どもが欲しいと思ったこともないし、結婚を焦《あせ》ってする気にも今のところなっていない。

自分の考えは変わっているのだろうか。

詩寿にとっては、当たり前のことを言っているだけなのに。

「……よく、わからない」

詩寿は、二杯目のフルートグラスを傾けた。


SPのふりをしてエンパイアルームに入りこんだ理人の周囲を、本物のSPたちが壁のように取り囲む。

すらりと背が高く洗練された物腰の理人は、体格の良いSPたちと比べても殊更《ことさら》に目立つ。

スーツというものは、鍛錬された肉体でないと綺麗に着こなせないものだ。

見事なバランスで鍛えられた体つきは、上質の生地を使ったスーツに包まれて、大人の男の色香というものを発散させる。

理人はこんなふうにお忍びをすることは滅多にないので、なかなか気分が良かった。

普段のパーティーでは常に人垣に囲まれて、気軽にあちこちをうろつくことなど不可能だ。

「社……いえ、ボス。あまり人混みに入ると危険です。できればあちらの隅のほうへ」

「堅いことを言うな。こういう機会は滅多にないんだ。それより、あまり近づくな。暑苦しい」

「すみません。ですがこういうパーティーには、危険分子が紛れこんでいることがありますからご用心ください」

「基本的に招待状がない者は受付で弾《はじ》いているし、そんなに神経を尖《とが》らせなくても平気だろう？　ホテルのセキュリティもあるし、心配ない。お前たちも少し気を楽にしたらどうだ？　どうせ俺だとわかりはしない」

理人がサングラス越しに、周囲を見回す。

「あれが花嫁候補たちか」

何人か、顔を知っている令嬢たちを見分けることができた。

「纏莉《まつり》に、秘書室の一条も来ているのか。親父殿め、本当に一族中の独身女性をかき集めたらしいな……ドゥオデキムの女なら、向こうから断ることはないから話もまとめやすいと踏んだか」

花嫁候補たちの中で、理人が個人的によく知っているのは幼なじみの三条纏莉くらいなものだ。

纏莉は本社の広報部に勤務していて、小さいころからよく知っている間柄なので、どちらかといえば好意的に見ている。

だが、それが恋愛感情かと聞かれれば、違うと断言できる。

理人は、皮肉げに唇を歪《ゆが》めた。

「あの娘たちも、親の命令に従ってご苦労なことだ」

「ボス。そろそろお戻りになって、改めてご入場を」

強面《こわもて》のSPたちが小声で、理人を促す。

まだ理人がいると気づかれたわけではないが、長身の彼らが集まっていると、どうやっても人目を引いてしまうのだ。

こういうとき、理人を説得できるただひとりの人物である六条海流は、まだ戻って来ない。

「戻るのは、フロアを一回りしてからだ。でないと、忍びこんだ意味がない」

泣き出しそうなSPに頓着せず、理人は大きな歩幅で、フロアを悠々と突っ切った。

ゲストが好きなドリンクをオーダーできるバーカウンターの手前で、理人は、つと足を止める。

「これも美味しい……！　次はそっちの銘柄を、お願いします」

バーテンダーの差し出す日本酒を、さっきからくいくいと飲み干している花嫁候補を見つけたのだ。

「こっちも、お代わり！」

あどけない顔立ちに似合わず、かなり飲める口のようだ。

満面の笑みを浮かべ、やたらと軽快に、盃《さかづき》を干していく。

理人は思わずサングラスを外してその様子を凝視した。

「――なんとも、良い飲みっぷりだな」

「ボス、お顔を晒《さら》しては困ります」

「サングラスをしているとよく見えない。お前たち、よく平気だな。邪魔にならないのか？」

「我々はそう訓練されておりますから。太陽光やカメラのフラッシュを遮《さえぎ》ることができますし、目を慣らしておけば、暗闇に乗じて襲われた際にも対応できます」

理人は、なるほど、と頷きながら、外したサングラスを無造作にＳＰに渡した。

パーティーに潜《もぐ》りこんでいた、とある男がそれに気づき、高らかに叫《さけ》ぶ。

「その顔……！　やっと見つけたぞ、龍城理人……！」


時間は、少し巻き戻る。

高俊と離れて単独行動になった詩寿は、広いフロアの隅を歩いて、バーカウンターへ向かっていた。

バーカウンターにはおすすめのワインやカクテルリストのほか、日本酒も各種取り揃えて銘柄に合わせた酒器と一緒に綺麗に並べられている。

ばあやのアドバイスどおり、少しは楽しもうとドリンクをオーダーに行った詩寿の視線の先、高俊が名刺を配り歩いているのが見える。

「私も、他の花嫁候補の方々にご挨拶したほうがいいのかな。でも、お邪魔だったら困るし」

懐に差しこんだ名刺入れに片手を当てて、詩寿はちょっと迷った。

仕事で参加するパーティーでは高俊の秘書として名刺交換をして回るのが義務のようになっているから、習慣で、今日も名刺入れを持ってきてしまった。

「でも、なんか雰囲気違うんだよね」

令嬢たちは緊張のせいかピリピリしていて、とても声をかけられるような空気ではない。

凛《りん》と顔を上げて堂々としている花嫁候補もいれば、うつむいて、怯《おび》えたようにじっとしている令嬢もいる。

「今日は、出番はなさそう」

そう言って、名刺入れを懐の合わせ目に深く押しこんで隠す。

職人が白い革をやわらかくなめして手作りした名刺入れは、就職した折に、実母からプレゼントされたお気に入りだ。

両親の離婚で詩寿は父親のもとに残ったから、その後、別の男性と再婚した母親とは、年に数回顔を合わせる程度。

何かあるたびに連絡は取り合っているし、愛情過多な高俊に溺愛されて育ったから、寂しかったわけではないけれど。

母親が詩寿のことを思って選んでくれた名刺入れは、彼女にとって、お守りのような存在だ。

「ああ、早く帰りたい……あの方たちの中に、私と同じような意見を持っている人、いないかしら」

本音を聞いてみたい、と詩寿は思う。

この仰々《ぎょうぎょう》しいパーティーにまったく興味を持てず、早く帰って、できればやり残してきた仕事をしたいと思っている令嬢は、果たしてこの中にどれくらいいるだろうか。

「……いたら、お友達になれそう」

それでなくても来週の頭には、『アリエス』で月に一度の定例会議がある。会議に使う資料の最終チェックがまだなので、内心、気が気ではなかった。

「休日出勤は禁止だし、資料の持ち出しもNGだし……月曜日の朝、早出しよう。ぎりぎりになるより、早出のほうが気が楽だもの」

そこへ、真っ白なギャルソンエプロンをびしっと身に着けた若いバーテンダーが、静かに声をかけた。

詩寿に微笑みかける間も、手は忙しく動き、ウイスキーやカクテルを次々と作っていく。

「お嬢さま、何かお作りいたしましょうか？　ノンアルコールドリンクも各種取り揃えておりますよ。フレッシュなメロンジュースなど、いかがでしょう？」

「あ、いえ。何かおすすめの日本酒はありますか？　飲み口が爽《さわ》やかな……でも、ワインも美味しそうですね」

「それでしたら、ホテルと蔵元が共同開発したこちらの銘柄はいかがでしょう。果実のようなフルーティーな味わいが人気です。ワインリストでは、本日はピノ・ノワールが自信を持っておすすめできますよ」

誘惑が多すぎて、とりあえず日本酒のひとつを試飲させてもらうことにした。

小さなカッティンググラスに注いでくれたので一口含むと、確かにフルーティーで爽やかな香りが特徴的で美味しい。

「あ。私、このお酒好みです。香りが鼻に抜けて、いい感じですね」

水でも飲むようにくいっと飲み干すと、バーテンダーの双眸が嬉《うれ》しそうに輝いた。

職業柄、詩寿がうわばみであることを敏感に読み取ったのだろう。

「こちらはいかがですか？　この辛口などもお口に合うと思いますし、フローズンフルーツを使った日本酒のスパークリングなんかも、喉越しがよろしいかと存じますよ」

「んー、こっちも美味しい……！」

どうせお見合いの主役はまだ来ていないのだし、帰るわけにもいかないのだから、ちょっとくらい飲んでも罰は当たらないだろう。

詩寿はバーテンダーがすすめるままに、グラスを空ける。

そのとき背後から、不審な叫び声が聞こえたのだ。

「やっと見つけたぞ、龍城理人……！」

――と。

一瞬の出来事だった。

身体に合っていないタキシードをだらしなく着崩した若い男がひとり、隠し持っていたナイフの鞘《さや》を投げ捨てて、理人めがけて襲いかかる。

周囲が悲鳴を上げて、会場内の空気が凍りついた。

SPが素早く対応し、軽く腰を落として体勢を整える。

「ボス、下がっていてください」

理人は落ち着き払って、抜き身のナイフを持った男の様子を一瞥した。

「誰だ、あの男」

見覚えはなかった。

血走った眼をしてナイフを構えているが、体術の心得があるとは思えないような腰の引けっぷりだ。

その手のプロではないな、と、すぐさま見て取る。

ＳＰに小声で指示する。

「……殺すなよ。怪我もさせるな。あとが面倒だ」

「はい」

立場上、襲われることも憎まれることも慣れている――諦念にも似た思いで嘆息した理人の目の前に。

「危ない、退いて！」

鋭く叫んで、詩寿が飛び出した。


「せいっ！」

気合い一閃《いっせん》。

SPたちより襲撃者に近いところに偶然居合わせた詩寿が、綺麗に一本背負いを決める。

小さいころから兄に護身術を叩きこまれて育ったせいで、考えるよりも先に身体が動いた。

詩寿のように非力な女性でも、タイミングとコツさえ掴めば、案外簡単に男性を投げ飛ばすことができる。

腕力ではなく、相手の力と勢いを、そのまま利用するのだ。

邪魔になるので、草履は脱いでその辺に放り出す。

足を軽く開いて腰を落とし、男の腕を掴んでバランスを崩させる。

そのまま男の身体の下に上半身を潜りこませ、あとは兄に習ったように技をかける。

詩寿の背中の上で、男の身体がぐるりと回転した。

どぅ、と重い振動とともに、もんどり打って倒れる。

「……っぐ……！」

やわらかいとはいえ床に背中をまともに打ちつけて、襲撃者が息を詰めた。

男は一瞬、何が起こったのかわからなかっただろう。

それくらい、綺麗に投げ飛ばされた。

SPたちが、男をめがけて飛びかかる。

「――確保だ！」

「おとなしくしろっ！」

指先の色が変わるほど強く握り締めていたナイフを引き剥《は》がされ、SPに馬乗りになって押さえつけられ、暴漢は悔しさに呻《うめ》いた。

「嘘《うそ》だろう……!?　あの女が、俺を投げ飛ばしたっていうのか!?」

周囲の人々は、さらに呆気《あっけ》に取られて、ことのなりゆきを見守っていた。

想定外の出来事に遭遇すると、すぐには言葉が出ないものだ。

草履を探して履き直した詩寿が、慌てた様子で暴漢に駆け寄る。

「ごめんなさい、つい反射的に投げちゃって……！　お怪我、ありませんか？　一応、怪我はさせないようにしたつもりなんですけど」

「そちらのお嬢さま！　危ないですから、近づいてはいけません！」

綺麗に一本背負いを決めておきながら、一体何を言っているのか——SPたちが面食らいながらも、詩寿を押しとどめる。

「それよりお嬢さま……あの、お召し物のお袖が」

「え？　……あら」

SPに言われて見てみると、左の振り袖の裾のほうが少し、破れてしまっていた。

相手を投げる際に、引っかけでもしたのだろうか。

「詩寿！」

少し離れたところで事件を目撃した高俊が、顔色を変えて駆けつける。

詩寿の肩をがしっと掴んで、上から下まで急いで視線を走らせた。

「お父さま」

「怪我はないか⁉」

「平気」

「相手の怪我は⁉」

「それも大丈夫みたい。だけど、袖を破いてしまってごめんなさい。せっかく、お父さまがわざわざ誂《あつら》えてくれたのに」

「こんなときに着物の心配はしなくていいが、大切なパーティーでなんてことを……お見合いの場で一本背負いする娘が、どこにいる」

「だって、ナイフを持ってこっちに向かってくるのが見えたの。狙いは私じゃなかったみたいだけど、気がついたら投げちゃってた。これって正当防衛になる？」

話を聞く限り、正当防衛は成立するだろう。

襲撃犯のターゲットである理人の目の前に、偶然、ＳＰ顔負けの護身術の心得を持っている娘が居合わせたというだけのことなのだから。

高俊が苦虫を噛《か》み潰したようななんとも言えない渋面で、ため息をついた。

彼としても無鉄砲な娘を怒っていいのかそれとも心配するべきなのか、ちょっと迷うところだった。

「……まあ、怪我がなくて良かったよ」

高俊が、けろっとしている詩寿を見て脱力する。

へなへなと座りこみ、へろっと情けない笑みを浮かべた。

「でも今度からは、先に相手の武器を奪って無効化させることを考えなさい。詩寿が怪我をさせられたら、元も子もないんだから」

「……そうね。そうする」

その間にSPたちが、喚《わめ》き散らす暴漢を引き立てて別室に連行していた。

ざわめきに満ちたエンパイアルームはだんだんと落ち着きを取り戻し、もとの優雅な雰囲気に戻っていく。

そして、暴漢が襲おうとしたスーツ姿の人物はその間、じっと詩寿のことを眺めていた。


「次期総帥！　お怪我は」

ドゥオデキム本社の重役たちが、理人を取り囲む。

「ない」

「一体いつから会場に……不手際であのような者の侵入を許し、誠に申し訳ございません。今後は、受付のチェックを徹底させます！」

叱責《しっせき》されることを何より恐れて言い募る重役たちを、手振りひとつで下がらせる。

片手をポケットに突っ込んだ理人は、腰を抜かして座りこんだままの高俊の目の前に立ちはだかった。

すぐそばに詩寿が両膝をつき、父親の背中を落ち着かせるように擦っている。

「名前は？」

詩寿は最初、理人が誰に名前を尋ねているのかわからなかった。

「え？」

身長が高く、それに見合った見事な体躯をしているせいもあって、理人には帝王と呼ぶにふさわしい威圧感がある。

艶《つや》のある低い声は弱者を支配し、迫力のある眼力が周囲を圧倒する。

高俊の顔が映って見えるほど磨き上げられた上等の革靴、最高級生地で仕立てられた極上のスーツに包まれた長い足。

魅入られたようにゆっくりと視線を上げていった詩寿は、ドゥオデキム・コンツェルン次期総帥の冷徹な眼差《まなざ》しが自分にまっすぐ向けられているのを直視して、とっさに高俊の背中に顔を伏せてしまった。

なぜそんなふうに隠れてしまったのか、自分でもわからない。

「じ、次期総帥!? あの、これは私の娘でして」

父親の背に隠れた詩寿の、無残に破れた振り袖を見て、理人は苦笑する。

詩寿の勇姿は、彼も偶然とはいえ、一部始終余すところなく目撃していた。

「ふうん……八条家の……ということは、『未』の娘か」

「え、あ、はい」

高俊はしどろもどろで、ろくに返事をすることもできない。

理人が、高俊の背後からおずおずと顔を覗かせた詩寿に、ちらりと目線を投げる。

視線と視線がぶつかり合って、詩寿は、瞬《まばた》きすることも忘れて見入ってしまった。

なんて力強い、そして、綺麗な瞳なんだろう、と感嘆する。

——吸いこまれてしまいそう。

詩寿には理人の双眸が、ブラックダイヤモンドのように見えた。

理人が、詩寿と高俊親子を見下ろし、艶然《えんぜん》と微笑む。

「おかげで、誰も怪我をせずに済んだ。今度、改めて礼をしよう」

「いえ、こちらこそ、次期総帥の前で娘が大変不躾なことをいたしまして……」

普段仕事で接することもあるとはいえ、高俊にとって理人は雲の上の人間同然だ。

その理人の目の前で詩寿がしでかしたことを思うと、焦るやら驚愕するやらで、呂律《ろれつ》が回らない。

理人は一瞬口を噤《つぐ》んだのち、こらえきれずに頬に笑みを刷《は》いた。

「おもしろいものを見せてもらったから、気にしなくていい。まさかこんな場で、あれほど見事な一本背負いを見られるとは思わなかった」

「ひえ」

そこまでが限界だった。

高俊が目を回して、ばったりとあおむけに倒れた。


理人が、ホテルの廊下を長いストライドで歩いていく。

「まったく。とんだ一日だったな」

高俊が気を失ったのはほんの数秒だったが、そのあとすぐに詩寿に付き添われて帰宅した。

こんな騒ぎが持ち上がったあとでも、落ち着いてから、花嫁候補とその親たちはパーティーを続けようとした。

その心意気には恐れ入ったが、理人本人は完全にその気を削がれてしまった。

「根性があるのはたいしたものだが、時と場所くらい弁《わきま》えてほしいものだ」

襲われた当事者として、理人はあのあと別室に移り、駆けつけた警察の簡単な事情聴取に応じた。

この手の騒ぎに巻きこまれるのは慣れているが、それでもやはり不快感はある。

事情聴取を受けている間にパーティーはお開きにするよう指示しておいたというのに、花嫁候補たちは揃って、理人の事情聴取が終わるまで部屋の前に並んで辛抱《しんぼう》強く待っていた。

いちいち相手をする気になれず、理人は別の出口を使ってホテルを抜け出す。

専属の運転手がハンドルを握る自家用車に乗りこむころには、もう日付が変わる頃合いになっていた。

後部座席でゆったりと足を組み、大きく息を吐《は》く。

「ともかく、親父殿にはこれで一度説得に当たれるな」

父親が一刻も早く身を固めさせようとしているのはわかっているが、今回の件でケチがついたので、それを理由にもう少し引き延ばすことはできないだろうか。

そんなことを考えていると、助手席に座る海流が、遠慮なく口を挟んできた。

「一度決めたら梃子《てこ》でも譲らないあの総帥が、そう簡単に諦めるとは思えませんが。絶対に、延期はお認めにならないでしょうね」

「……ちくしょう」

「それにしても、ホテル側のセキュリティチェックがいささか手ぬるかったようです。あんな雑な招待状の偽造工作を見抜けないとは……警備体制の見直しが必要ですね」

襲撃騒ぎの直後に理人と合流した海流は、理人がパーティーにお忍びで参加していたことをあとから知り、憮然《ぶぜん》としている。

「襲撃犯は黙秘を続けているそうですが、身元の確認を急がせています。くれぐれも自重なさってください」

自ら相手が付け入る隙を作ってどうするんですか、と海流はぶつぶつ文句をつける。

理人自身は暴漢のひとりやふたりや三人や四人、難なく撃退できるほど腕が立つが、ああいう輩《やから》は周囲の人間も巻きこみかねないから大迷惑なのだ。

一般人を巻きこんで事件が起こるようなことがあれば、株価にも即影響が出る。

コンツェルンのイメージダウンになるような真似《まね》は、できる限り慎みたいところだった。

「こんなことばかりなさっていては、うちのSP全員の胃に穴が空いてしまいますよ。幸い怪我人は出ませんでしたが花嫁選びは未遂に終わりましたし、近いうちに仕切り直さなくては。総帥が決めたフィアンセが、問答無用で送りこまれてくる前に」

海流の小言は右から左へ受け流し、理人は懐の内ポケットから、やわらかな手触りの白革の名刺入れを取り出した。

詩寿が相手を投げ飛ばしたときか、父親の介抱をしているときに落としたものだ。

理人が気づいて拾ったときには、すでに詩寿は帰ってしまったあとで、内ポケットに入れたまま忘れていた。

――あの娘。

バーカウンターで、美味しそうに酒を飲んでいた娘だ。

他の花嫁候補たちと違い、朗《ほが》らかな表情で、楽しそうに酒を味わっていた――それに、可憐《かれん》な容姿を裏切る豪快な飲みっぷりだったので、よく覚えている。

「それにしても、切れの良い技だった」

いかにも女性の持ち物らしい、やわらかい名刺入れを片手で開き、中の名刺を一枚取り出す。

名刺は名前と役職、勤務先のアドレスなどが記されただけのシンプルなものだ。

――八条詩寿。職業は父親の秘書か。

名刺入れにはストラップがついていて、そこから見慣れない、小さなケースがぶら下がっていた。

それは小さな筒状になっていて、蓋《ふた》を開くと、胸がすっとするような良い香りのパウダーが、ほんの少し指先に零《こぼ》れる。

「……塗香《ずこう》？」

名刺入れに塗香入れを下げているということは、名刺を渡す際に、わずかに香の香りを忍ばせているのだろうか。

香には、邪気を払って清める効果があると言われている。

気遣いとしては悪くなかった。

ただ、大の男を一本背負いするくらいだから、てっきり、男勝りのじゃじゃ馬かと思っていたので――こんな繊細な気配りもできるのかと思うと、少々意外だ。

だが、意表を突かれるのは嫌いではない。

むしろ、退屈せずに済むぶん、大歓迎だ。

「……なかなかに興味深い娘だな」

いつもは追われる立場だが、たまには追う立場になってみるのも悪くないかもしれない。

遊び人のプライドを刺激されて、理人は、香りが染みこんだ名刺を海流に手渡した。

「海流。この娘について、釣書《つりがき》に書かれている以外の報告書を上げろ。できるだけ早くだ」

【2】

「まあ。それで旦那さまとお嬢さまが事情聴取を？」

「そうなの。正確には詳しく話を聞かれたのは私だけど、お父さまも目撃者だったから」

「お怪我がなくて、本当に何よりでしたわ。お嬢さまが護身術を身につけているのは重々存じておりますけれど、刃物を持った相手には、なるべく近寄らないでくださいませ。ばあやは気が気じゃありませんから」

昨夜はあのあとも、襲撃犯の余波を受けてなかなかにバタついていた。

翌日になってゆっくりと後片付けをしながら、詩寿《しず》は、昨日のことをこまかく文恵《ふみえ》に話して聞かせていた。

八条《はちじょう》家の邸宅は、先祖代々暮らしてきた広大な武家屋敷がベースになっている。

敷地の周囲は丹精を凝らした日本庭園にぐるっと取り囲まれているので、屋敷の中のどこにいても緑の香りがする。

土曜日の昼下がりは、冬の陽射しが奥深くまで入りこんで案外暖かかった。

「気をつけるけど、だって大抵は向こうからやって来るんだもの。対処しないと大変なことになっちゃう」

「それが問題なんでございますよ」

庭園では木々の世話をする庭師の鋏《はさみ》の音が響き、昼食の後片付けが済んだ厨房は夕食の下ごしらえまでの間、しばしの休憩時間だ。

昨日のような大振り袖ではなく、普段用の水色に梅の花をあしらった和服姿の詩寿は、大きな鏡台のある和室でたとう紙を広げ、昨日使った帯や小物を片付ける。

傍《かたわ》らで、文恵がそれを手伝っていた。

メイドたちに頼んでしまえば何もしないで済むけれど、詩寿は自分のことはできるだけ自分でやりたい派だ。

帯は陰干ししてきちんと湿気を取り、和装用のハンドバッグも中身を取り出して、型崩れしないよう薄様《うすよう》紙を詰めておく。

多少手間はかかるけれど、そのぶん長持ちする。

外見は厳《いか》めしい武家屋敷ふうの日本邸宅だが、室内はリフォームを重ねて快適に暮らせるよう、空調なども完備していた。

詩寿は寝室や身支度を整えるための部屋、くつろぐための居間など、三階にある数室を使用している。

詩寿が生まれたとき、高俊《たかとし》が張り切って内装を整えさせたので、満開の牡丹《ぼたん》が描かれた襖《ふすま》や段違いの障子《しょうじ》、百花《ひゃっか》を写実的に彫りこんだ飾り箪笥《だんす》などがあって華やかだ。

ただ全室畳敷きなので、洋風の生活様式にはちょっとだけ憧れている。

「お見合いの結果がどうなるかと案じておりましたが……旦那さまは真っ青なお顔でお戻りになるし、お嬢さまのお着物は破れているし。大変でしたのね」

このところ髪に少し白髪が交じるようになってきたメイド頭《がしら》は、ふくよかな体型に目が細くて、見るからに福々しい顔をしている。

もうじき還暦で、ずっとこの屋敷に勤めて親身に世話をしてくれている。詩寿にとってはもはや、家族も同然だった。

八条家はアットホームな雰囲気《ふんいき》もあるので、他のメイドやシェフや運転手といったスタッフたちもあまり堅苦しくない。

地味な染めの紬《つむぎ》をいつものようにまとい、髪を一部の乱れもなくきっちりまとめたメイド頭は、詩寿が昨日着た大振り袖を衣紋《えもん》掛けから下ろし、丁寧《ていねい》な手つきでくまなく点検した。

「やっぱり、こうも見事に破れてしまいますと、お直しが難しゅうございますわねえ……」

「ごめんなさいね。プロなら直せると思う？」

高俊が、京都《きょうと》の老舗《しにせ》の職人に頼んでわざわざ誂《あつら》えさせた大振り袖だ。

この着物だけでなく、職人が丹精こめてこしらえた品は、気が遠くなるくらい手間暇をかけたものが多い。

そういう品は高価なぶん、大切に扱って長持ちさせなくてはならない――リスペクトの気持ちを持つようにと日ごろ教えられているだけに、詩寿は申し訳なさそうに眉根を寄せた。

「いっそのこと、お袖を切って留め袖に直してしまいませんこと？　幸い、破れたのは裾のほうだけですし」

「それならできる？」

「ええ、もちろん。それに留め袖にしてしまえば、お嫁に行かれたあとも着られますわ。もともと、染め直して着られるように仕立ててありますから」

「それじゃあ、そういうふうにお父さまにお願いしてみようか」

詩寿は、小首を傾《かし》げた。

「そういえばお父さま、朝から見ていないけどどこへ出かけたの？　またデート？」

「ええ、そう仰《おっしゃ》ってましたわ」

メイド頭の曖昧《あいまい》な笑みを見て、詩寿は思わず頬を膨らませた。

「昨夜帰ってきてから延々、お説教だったのに。切り替え早すぎない？」

「鼻歌を歌いながらお出かけになりました。それが、旦那さまのご性分ですから……」

「お義母《かあ》さまと、また揉《も》めないといいんだけど」

高俊の三番目の妻である円香《まどか》は最近、小学生の息子の令稀《れいき》すら置き去りにして実家に戻っていることが多い。

文恵が大振り袖を衣紋掛けに戻しながら、同意した。

「大揉めになるでしょうね。近ごろは奥さまも我慢の限界のようで、よく険しいお顔をなさっていらっしゃいます」

世間一般の価値観を大幅にはみ出す勢いで、高俊という男は愛に溢れすぎているのだ。

魅力的な女性に目がなくて浮気性で、愛想が尽きた相手にふられてもめげずに新しい出会いと恋を繰り返す。

子どもたちのことは愛している。

妻のことも愛しているし、元妻のことも愛している。

そして、まだ見ぬ未来の恋人たちのことも愛していると公言して憚《はばか》らない。

「お父さまって、典型的なダメ男ね」

「旦那さまは、どこか子どものままのような方ですから」

そこがなぜか憎めないのだけれど、父親としてならともかく、生涯の伴侶にするには夢想家すぎる。

「悪気がないぶん、余計にたちが悪いのよねー」

「まあ、お嬢さまったら……でも、同感ですわ。ばあやも心配しておりますの。旦那さまこそ、そのうち、刺されかねませんもの」

「私が秘書になったのだって、もともとはお父さまが円香お義母さまとの離婚騒ぎで落ちこんでどうしようもなくて、放っておけないから付き添うようになった流れだし」

意気消沈した高俊は睡眠も食事もろくに摂らないし、ひたすら鬱々《うつうつ》と沈みこむから始末が悪いのだ。

当時はなんとか離婚を回避できたが、あのぶんではそろそろ、また離婚話を切り出されるのではないかと、いやな予感がする。

「私が世話焼きになったのって、お父さまの影響だと思う」

「お嬢さまも弟の令稀さまも、旦那さまのお世話をなさっておいでですものね。まったく、どちらが大人なんだかわかりゃしません」

「でも、きっとお兄さまが、一番世話焼きね。お父さまのほか、私と令稀の面倒もよく見てくれた」

今は独立している異母兄が、なんだかんだで一番高俊に似ていると思う。

「小学校に入る前に、護身術を叩《たた》きこまれるとは思わなかったけど」

「お兄さまも心配性ですからねえ。お嬢さまや令稀さまのことが心配で仕方ないんですわ。どれだけ警備を厳しくして目を光らせていても、誘拐犯は向こうからやって来ますものね」

裕福なドゥオデキムの一族において、昨夜のような襲撃騒ぎや誘拐沙汰《ざた》は珍しくない。

実際に攫《さら》われなくても、いたずら半分の誘拐の予告状などが届くこともある。

そのたびに、高俊や異母兄が神経を尖《とが》らせて対処するのは、もはや日常茶飯事だ。

「結果的に秘書は天職だと思うからいいけど、心配性揃《ぞろ》いの一家っていうのも問題ね」

文恵と顔を見合わせて、やれやれと苦笑した。

「あ、そうそう。お嬢さま、今夜のお夕食、どうなさいます？」

「忘れてた。お父さまもお義母さまもいないし、令稀も確か、お友達のところでお泊まりしているんだったっけ」

「ええ。ですからシェフが、お嬢さまのお好きなメニューをなんでも作ると張り切っておりますわ」

「わ！　嬉《うれ》しい」

どうしようかな、と好物をあれこれと思い浮かべながら詩寿は、中身を取り出して空になったハンドバッグをひっくり返した。

「あれ？」

「どうなさいましたの？」

「あのね、昨日、名刺入れを持って行ったのよ。バッグにしまってあったと思ったんだけど……おかしいわね。どこへいったのかしら」

「あの、お気に入りの名刺入れですわね。あらあら、大変」

メイドたちに手伝ってもらいながら、あちこちを探し回る。

「最後に名刺入れを見たのは、どこですの？」

「ええとね。昨日行ったホテルのエンパイアルーム……？」

「会場でも、ずっとハンドバッグの中に？」

首を振りながらちょっと考えて、詩寿ははっと息を呑《の》んだ。

「胸の合わせ目のところに挟んでいたんだったわ」

お守り代わりのようなものだから、フロントに預けるバッグの中に置きっぱなしにしないで、肌身離さず持っていたかったのだ。

だが、大振り袖の袂《たもと》にもどこにも見当たらない。念のため部屋の中を探してみたけれど、どこにもない。

詩寿は、顔をしかめた。

「もしかして、落とした……？」


昨夜、ホテルからの帰りに使った自家用車の中にも、名刺入れは落ちていなかった。

八条邸が、少しだけ慌ただしくなる。

詩寿は長羽織《ながばおり》の上から暖かいショールをまとい、廊下を歩いて玄関へ向かう。

「ちょっと、探しに行ってくるね。たぶんホテルにあると思うから」

「ばあやが行って参りましょうか？　お嬢さまはせっかく、お休みの日ですのに」

見送りについてきた文恵も、心配そうだ。

詩寿のあの名刺入れは、普通の品ではない。

母親が詩寿のためにわざわざ選んで仕立てさせた特別なもので、詩寿がとりわけ大切に扱っているのを知っているから――。

「いいえ、いいわ。フロントに電話してみたけど届いていないみたいだし。自分で探したほうが早いと思うの」

昨日は寄り道もしていないし、落としたとしたら、ホテルのどこかだ。

それだけは自信を持って断言できる。気がする。

「襲撃騒ぎのあと、ちょっとバタバタしたのよね。別室で事情聴取を受けたり、ラウンジまでお水をもらいに行ったりしたし」

昨日の動線を思い出し、すべてをたどって探すのが一番手っ取り早いと思う。

そのためにはホテル側にわざわざ説明して探してもらうよりも、自分で行ったほうが確実だ。

ホテルも、幸い、そう遠くはない。

「あ、フロントに荷物を取りに行ったのは……違う、荷物は取ってきてもらったんだったっけ。ハンドバッグと、お父さまのコート」

着物は着慣れているから、たいして動きづらいということはなかったけれど、大振り袖で父親に肩を貸しながら歩くのは、骨が折れるレベルの話ではない。

まだふらふらしている高俊を、親切なホテルマンが軽々と支えて歩いてくれて、ようやく車に乗せることができたくらいだ。

騒ぎを聞きつけ、八条邸の執事も、急ぎ足で邸宅の奥庭からやって来た。

今まで、外で庭師と話しこんでいたらしい。

「お嬢さま、どちらへ？　お出かけになるのでしたらお車を。運転手に、すぐに支度をさせますから」

「いいわ、今日はお休みの日でしょ。車の中は先に見たし」

この家では週末は、専属の運転手も休みと決められている。高俊も、今日は自分で愛車を運転して行ったくらいだ。

「ひとりで行ってきます。帰る前に連絡を入れるわね」

「ではお嬢さま、ただいまタクシーをお呼びしますので少々お待ちくださいませ」

たとえ一人前の社会人であっても、八条邸の使用人たちにとって、詩寿は大切な主家の令嬢だ。

もうじき陽が暮れるというのに、ひとりで出歩かせるわけにはいかないらしかった。

「雲が出て参りましたし、このぶんでは、夜は雪が降るかもしれません」

先ほどまでの暖かさはどこへやら。

冬は陽が落ちるのが早くて、午後も三時を回ると気温が一気に下がり始める。

「大通りに出てタクシーを拾うから平気よ。あまり遅くならないうちに帰ってくるから心配しないで」

「ですが」

そのとき、小高い木々に囲まれた通用門を潜《くぐ》って、一台の黒塗りの大型車が玄関の車寄せまで滑るように入ってきた。

国内メーカーの手がける、最高級国産車だ。

皇族など、選ばれた人しか使用することのできないハイクラスの車を、これほど間近で見るのは詩寿も初めてだった。

後部座席のドアが音もなく開き、中から、すらりとした長身の男性が優雅な身のこなしで降りてくる。

その顔を見て、詩寿はびっくりして硬直した。

「次期総帥……!?」

週末だというのに理人《りひと》は今日も今日とて一分《いちぶ》の隙もないビジネススーツを身にまとい、上質なカシミヤのロングコートをさらりと合わせていた。

詩寿の背後で、執事や文恵が固まる。

ドゥオデキムの次期総帥が一体なんの用で八条家を訪れたのかわからないながらも、失礼がないように、執事たちは急いで最敬礼した。

どんな用件があったとしても、龍城《りゅうじょう》家の跡取り息子がわざわざ八条邸に足を運ぶなど、普通なら考えられないことだ。

緊張にざわめく邸内の気配にまったく頓着せず、理人は、外出着姿の詩寿を一瞥《いちべつ》してかすかに首を傾げた。

「出かけるところだったか？」

「あ、はい、ちょっと昨日のホテルまで」

ほぼ反射的に答えて、詩寿は我に返る。

ドゥオデキムの次期総帥ともあろう人を、玄関先に立たせておくのは失礼だろう。

「どうぞ中へ。あいにく父は外出しておりますが、すぐに呼び戻しますので」

案内しようとした詩寿を、理人は片手の動きひとつで断った。

「ここでいい。今日は、これを届けに来ただけだ」

そう言いながら理人が、胸ポケットから名刺入れを取り出す。

見覚えのある白革に、愛用の塗香《ずこう》入れが下がっているのを見て、詩寿はぱっと瞳を輝かせた。

「私の名刺入れ！」

笑みを浮かべ、理人に駆け寄る。

「良かった、探しに行くところだったんです！　大切なものなんです……ありがとうございます」

「早くに連絡を入れれば良かったな。朝から急ぎの用事が入って、すっかり忘れていた」

詩寿は両手を伸ばして名刺入れを受け取り、大切そうに包みこんだ。

※

それでどうして、理人と一緒に食事をする流れになっているのか。

都内のど真ん中にあるというのに喧騒《けんそう》から離れた静かな個室で、わずらわしくないようボリュームを控えめにしたBGMを耳に、詩寿は少々、いや、大いに戸惑っていた。

名刺入れを受け取ったあと、なんだかごく自然にエスコートされて、このレストランに連れて来られてしまった。

経緯《いきさつ》は不明だが、なぜか理人には誰も逆らえない雰囲気がある。

「さあ入れ。今夜はこの部屋を貸しきりにしてあるから、ゆっくり食事を楽しめる」

理人が詩寿を連れて来たのは、知る人ぞ知る高級レストランだった。

一日に数組しか予約を受けつけない完全予約制のレストランで、宿泊施設も整っているから、そのまま泊まることもできる。

会員から紹介された人物以外はメンバーになることができない、しかも誰でも客として認められるわけではない、選ばれしセレブリティ御用達《ごようたし》のシークレット・レストランだった。

詩寿は噂《うわさ》に聞いたことはあったけれど、訪れるのは初めてだ。

「全部、個室しかないなんて。おもしろい造りですね」

「個室なら、他の客と顔を合わせずに済むだろう？　うっかり知り合いと出くわすと厄介《やっかい》なことも多いんだ」

食事をするだけなのにわざわざ最上階の個室を貸しきるのは、令嬢育ちの詩寿でさえ、ぜいたくだと思う。

雪のちらつく夜を暖かく演出するため、照明は少し明るめだった。

照明だけではなく、極彩色で彩られた室内のあちこちに蝋燭《ろうそく》を灯しているので、ゆらゆらとした光が揺れて心地よい。

部屋付きの年若い専任コンシェルジュが詩寿たちの手荷物を預かり、甲斐甲斐《かいがい》しく給仕を務める。

クレストルームと銘打たれた室内はその名のとおり、最高峰の内装で飾り立てられた部屋だ。

シノワズリ調で統一された設《しつら》えで、仰々《ぎょうぎょう》しいくらいに透かし彫りが施された黒檀《こくたん》のテーブルは、しかしやわらかい手触りだった。

壁には三日月を模した鏡がかけられ、壁沿いの飾り棚には大きな翡翠《ひすい》で龍を掘り出した彫り物が堂々と鎮座している。

ずらりとセッティングされたカトラリー類はどれも持ち手が瀬戸物で、エスニックな雰囲気だ。

床は真っ赤な絨毯《じゅうたん》が敷き詰められ、精緻《せいち》な彫刻細工の椅子《いす》の手すりやドアの取っ手などにも金色の房飾りがついていて、毒々しくなる寸前の鮮《あざ》やかさである。

「ここは部屋ごとに雰囲気が全然違うんだ。俺はこのクレストルームが一番気に入っている」

龍を飾ってある部屋だから、代々龍を印《しるし》に戴く龍城家の人間はこの部屋が落ち着くのだろうか。

詩寿のために理人自ら椅子を引いてから、向かいに腰を下ろす。

純白の、トーションと呼ばれるナフキンを腕にかけたコンシェルジュが恭《うやうや》しく一礼した。

「恐れ入ります。本日は、どうぞごゆっくりおくつろぎくださいませ。のちほどシェフが、ご挨拶《あいさつ》に参ります」

コンシェルジュはきちっと折り目正しい物腰だが、理人とは顔馴染《なじ》みのようだ。

端整な顔立ちをしていて、親しみやすい身ごなしである。

目が合うと、コンシェルジュはやわらかく微笑《ほほえ》んだ。ついつられて、詩寿もにこっと微笑み返す。

「アペリティフはいかがいたしましょうか。いつものようにドライ・マティーニを?」

コンシェルジュに視線を向けて、理人が頷《うなず》いた。

「そうだな……そうしよう」

「お嬢さまには、本日の前菜に合わせたキール・ロワイヤルなどいかがでございましょう。ノンアルコールのドリンクもご用意がありますが」

「キール・ロワイヤルをお願いします」

「かしこまりました」

シェフが産地や土にまでこだわった素材をふんだんに使った、コースディナーが始まる。

人間工学に基づいたデザインのテーブルの向こう、理人はリラックスした様子でドライ・マティーニのきりりとした香りを楽しんでいる。

仕事絡みの会食でないせいか、着席したときからネクタイを少し緩めているのだが——そのしぐさがやけに男くさく思えて、詩寿の目に焼きついていた。

考えてみれば、家族以外の男性とふたりきりで食事をするのは、初めての経験である。

家族で外食に出かけたり、仲の良い友人たちと一緒に食事をしたり、就職してからはひとりでランチを楽しんだりもするけれど——詩寿はこれまで、異性と個人的にお付き合いをしたことがない。

女子校育ちのうえに過保護な家族に囲まれ、デートをするような機会はなかったのだ。

何人かからデートに誘われたことはあるけれど、真剣にお付き合いをする気もないのに安易に頷くのは相手にも失礼な気がして、断り続けている。

——今回は、断る暇もなかったけれど……。

少し緊張する詩寿に、理人がしぐさで酒をすすめる。

詩寿は、着物の袂《たもと》がカトラリーや皿に触らないように気をつけながら、真っ赤な色合いが宝石のように美しいキール・ロワイヤルに口をつけた。

「綺麗《きれい》な色……まるで、薔薇《ばら》を溶かして飲んでいるみたい」

「俺は、ここの和風フレンチが好きでね。味は折り紙つきだ。何か食べたいものがあるなら言うといい。よほどのことがない限り、なんでも応じてくれる」

「ええ、どうぞご遠慮なく」

八条邸の執事より格段に若い、まだ二十代後半くらいに見えるコンシェルジュが、にこやかに請《う》け負《お》う。

「シェフは国内はもちろんのこと、ヨーロッパ各地でも一流と呼ばれる数々のレストランで修業を積んできたキャリアの持ち主です。作れないものはないと公言しておりますから、大抵のご要望にはお応えすることができると自負しております」

「楽しみです。お任せします。特に苦手なものはありませんから」

詩寿の前に、クワイと百合根《ゆりね》の和《あ》え物、白芋《しろいも》のポタージュ、グリーンとマッシュルームのフレッシュサラダ、と芸術的な盛りつけの前菜が並んだ。

幼いころから最上級のものに囲まれ、無意識のうちにグルメに育った詩寿が、満面の笑みを浮かべる。お酒も前菜も、ほっぺたが落ちそうなくらい美味しい。

「クワイっておせち料理でしか食べたことがなかったんですけど、この、しゃくしゃくした食感が癖になりますね」

すなおに食事を楽しむ詩寿に、理人の眼差《まなざ》しもやわらかさを帯びる。

「クワイを食べるのは日本人を含む、一部のアジア人だけなんだそうだ」

「へえ……知らなかったです」

アルコールが入ると、会話がなめらかになる。

緊張気味だった詩寿も、だんだんと打ち解けていった。美酒と美食には、人を和ませる効果があると思う。

「お前が昨日投げ飛ばした暴漢は、元はドゥオデキムの末端企業の従業員だったそうだ。怠慢《たいまん》を理由にクビになって、逆恨みで俺を刺そうとしたらしい」

いまだに悔しがっているそうだぞ、とワインに切り替えた理人がグラスを片手に微笑する。

「俺を刺して一矢報いるつもりが、その前に一本背負いを食らわされたわけだからな。相手としては、悔しくて仕方ないだろう」

理人は、こうして話してみると案外気さくで、会話がうまかった。

総会の挨拶やインタビュー写真で見るときは、ひたすら峻厳《しゅんげん》な雰囲気の人だと思っていたが、オフではそうでもないのかもしれない。

数カ国に留学していた際に、社交術も磨き上げられたに違いない。

鋭《するど》い眼差しや引き締まった体躯《たいく》から醸《かも》し出される研ぎ澄まされた威圧感はあるが、少なくとも今の詩寿には、噂ほど冷酷な人のようには見えなかった。

「あの」

メインディッシュの鴨のコンフィに進む前に、詩寿は思い切って尋ねてみることにした。

わからないことをわからないままにしておくのはどうにも気持ちが悪いし、こういうときにはっきり尋ねるのが詩寿の流儀だ。

高俊から空気を読むようにとか、天然だと叱《しか》られることがあるが、もやもやしたままでいるのは性《しょう》に合わない。

「どうして私、次期総帥とお食事することになったんでしょうか。落とし物を届けてくださったお礼なら、私がご招待するのが筋だと思うのですが」

名刺入れを受け取ったあと車に乗せられ、少々のドライブのあとそのまま食事に突入したのだ。訳がわからないままの詩寿には、質問する権利があると思う。

いくら相手が経済界の帝王、ドゥオデキムの次期総帥だとしても、だ。

理人は目の奥で笑いながら、悠然と答えた。

「礼をすると言ったはずだが。覚えていないのか？」

「……そうでした。忘れていました」

「俺は忘れ物を届けただけだが、お前は昨日、パーティーで被害が出ることを防いだ。こちらが礼をするのは当然だ」

結構、律儀な人なのかもしれない。

理人は詩寿を見つめたまま、再びワイングラスを傾《かたむ》けた。

酒豪の詩寿に負けず劣《おと》らず、なかなかのペースである。

しかも、顔色ひとつ変えない。

「昨日のパーティーで、俺が何をする予定だったかは知っているだろう？」

「はい、一応は。それで、花嫁となる方は決まりましたか？」

パーティーを中座したから、詩寿はあのあと、解散になったことを知らない。

「いや、まだだ。どうしてそんなことを聞く？」

また花嫁候補としてパーティーに行くのが面倒だから、と正直に言うのはいくらなんでもさすがにまずいと判断し、詩寿は曖昧な笑みを浮かべた。

「特に理由はありません」

「嘘《うそ》をつくのが壊滅的に下手《へた》なようだな。『あんな面倒くさいパーティーに二度も付き合うのはいやだ』と、顔にはっきり書いてあるぞ？」

「えっ」

とっさに、両手で頬を押さえる。

しまった。これではまるで、それが事実ですと白状しているようなものだ。

両手で顔を覆《おお》い隠して、うなだれる。

「フェイントをかけるのはやめてください……」

理人が片手で口もとを覆い、噴き出すのをこらえる。

「——羊《ひつじ》は騙されやすいというのは本当のようだな。樽の中の魚を撃つより容易《たやす》い」

くっくっと忍び笑いをしながら、理人が優雅なしぐさでコンシェルジュを呼び寄せた。

「ドリンクのリストを変更してくれないか。彼女はどうやら、ワインより日本酒のほうが好みのようだ」

「かしこまりました。すぐにご用意いたします」

「あの、次期総帥」

「お前、俺の名を知らないのか？」

「存じ上げておりますが」

「だったらその取って付けたような呼び方はやめて、名前で呼べ。勤務中でもあるまいし」

「龍城理人さま？」

「フルネームでなくていいし、さま付けもしなくていい」

「じゃあ……理人さん」

名前を呼ぶと、理人は満足そうに頷いた。

「それでいい」

詩寿はますます困惑する。

「私、日本酒が好きだなんて申し上げましたっけ？」

自他共に認めるうわばみではあるが、ほぼ初対面の相手の前で、泥酔するのはどうかと思うので加減したい。

お酒も料理も美味しいので、飲みすぎてしまいそうな予感もあった。

「昨日も、うまそうに飲んでいたのを思い出したんだ。結構いける口だろう？　今夜は好きなだけ飲めばいい」

「ご覧になっていたんですか？」

「ああ。俺が見たところ、あんなふうに良い飲みっぷりだった花嫁候補はお前だけだ」

「あはは……」

「なんでだろうな。お前が飲んでいると、酒も料理もうまそうに見える」

「え」

テーブルに肘を立てて手を組んだ理人が、詩寿を凝視する。

その眼差しはとても強い。

途端になんだか落ち着かなくなって、詩寿は手にしていたグラスを一気に呷《あお》った。

老獪《ろうかい》な狼《おおかみ》は、子羊が無防備に酔うのをじっと待っている。

「お前、俺の妻になりたいか？」

もともと酒に強い体質だけれど、緊張もあって、今夜は酔いが回るのが早かった。

頭がふわふわしてきた詩寿は、思い浮かんだまま、あっさりと答える。

「いえ、全然」

一瞬、理人が虚《きょ》を突かれたように息を呑んだ。

「それならお前、どうしてパーティーに来たんだ。自分で言うのもなんだが、あのパーティーに参加していたのだから、てっきり、俺と結婚したいのかと思っていた」

「不本意でしたよ。でも父が無理やり仕事を切り上げさせて支度をさせたので……」

詩寿は大きくため息をついた。

「父は、お見合いとかが大好きなんです。なので、ひとりで盛り上がってしまって」

理人の花嫁候補のリストに載ったと知ったときからずっと、詩寿の心の中にはもやもやとしたものが巣くっている。

この気持ちは、言葉で表現するのは難しい。

「父は私が花嫁候補に選ばれたこと自体が名誉で、親孝行だってすごく喜んでいたけど。でも私は親孝行なら仕事でしたかったし、結婚する気もないし」

まだ結婚したくない――だから、パーティーに参加するのはいやだ。

高俊に口を酸っぱくして訴えても、理解してもらえなかった。

「私が秘書になったのは女性でも娘でもなくひとりの人間として、父を支えることができる仕事だと思ったから……それができる有意義な仕事だと思ったからで、親の七光りで楽をしたいとか、結婚するまでの腰かけだと思ったことはありません」

「世間一般ならその考え方は普通のことで、取り立てて問題はないだろう。女性も仕事を持ち、結婚を選ばない自由もある。だがドゥオデキムの一族は、旧態依然としたところがあるからな。お前の父親くらいの年代なら、なおさらだ」

「父は、結婚して家庭に入って子どもを産み育てることが私の幸せだと思ってる」

「違うのか？」

詩寿は、きつく唇を引き結ぶ。

「違います。私は――」


龍城理人の花嫁候補に選ばれたから、喜べ。

八条家にとって光栄なことなのだから、誇《ほこ》らしいと思え。

思えば招待状が届いて以降、高俊の要望を押しつけられるだけで、詩寿の意思はまったく聞き入れられなかった。

もやもやの原因は、これだ。

「私の幸せを、勝手に決めつけないでほしい。押しつけないでほしい——そう思っているだけなんですけど、いまいち伝わっていないというかなんというか……」

「俺の妻になれば、実家もそれなりに優遇される。少なくとも、ドゥオデキムで幅を利かせることができるようになるだろう。それよりも個人の幸せを優先するのか？」

「おかしいですか？」

詩寿は、毅然《きぜん》と顔を上げて理人を見つめた。

子どものようにきかん気な黒い瞳が、蝋燭の光を宿してきらきらと光る。

何がおかしいのか、何が正しいのか——そんなのはきっと、誰にもわからない。

今のところ詩寿がわかっているのは、ひとつだけだ。

「私の人生です」

それだけは、はっきりと断言できる。

「私を幸せにできるのは、私です」

「後悔するようなことになってもか？」

詩寿は、きっぱり頷いた。

「もちろんです。それも含めて」

どんなに素晴らしい縁談、素晴らしい人生を用意してもらったとしても、詩寿が自分で選んだものでなければ意味がないのだ。

高俊は純粋に娘の幸せを願っているのかもしれないし、それは親心なのだろうと理解できる。

ただ詩寿は結婚こそが幸せだと押しつけられることに、違和感を覚えているだけ。

自分の幸せは、自分で選びたいだけ。

理人が背もたれに背を預け、束《つか》の間《ま》考えこむように口を噤《つぐ》んだ。

「――今までそういうふうに考えたことはなかった。俺は生まれたときからドゥオデキムを継ぐために育てられたし、結婚も同様だ。後継ぎを作るために結婚を強要されているに過ぎない」


デザートが終わるころには、詩寿はすっかり酔いが回ってうとうとと微睡《まどろ》み始めてしまっていた。テーブルの彫刻部分に額を打ちつけそうになった詩寿を、背後に回った理人が慌てて片手で支える。

「ふらふらしているな。飲めるようだからと言って、少し飲ませすぎたか……大丈夫か？」

「すっごく美味しかったです、ごちそうさまでしたぁ……初めて食べるようなお料理ばかりで、お腹いっぱいです……」

ほとんど目が開かない詩寿に、理人が苦笑する。

満腹になってすぐに眠くなる様子は、子どもそのものだ。とても、成人した女性には思えない。

「お前をこの部屋に連れて来た魂胆が、わかっていないのか?」

「はい………?」

クレストルームの一見壁にしか見えないドアの向こうに、パウダールームはもちろん、バスルームやベッドルームも備えられている。

けれどその意図を、詩寿はまったくといっていいほど汲み取っていなかった。

ことん、と眠りこんでしまった詩寿を抱き上げ、理人は寝室へ続く扉を開けた。


短い時間ではあったけれども、ぐっすりと深く眠ったような気がする。

寝心地の良い——けれど馴染みのないベッドの上でぱちっと目を覚ました詩寿は、身体がふわふわするような熱いような、妙な感覚に気づいて硬直した。

「な………っ!?」

「目が覚めたのか。気分はどうだ?」

「気分は——そう悪くないですけど……次期総帥」

「名前」

「理人さん、何をしているんですか!?」

詩寿が慌てたのも無理はない。

シャワーを浴びたと思しき濡《ぬ》れ髪の理人は、素肌にバスローブを羽織ったまま詩寿の上にのしかかり、詩寿の着物を脱がせている最中だったのだ。

いくら奥手で経験のない詩寿でも、この状況で理人が何をしようとしているのかくらいは理解できる。

理解できても、許容はできない。

「目を覚ますまで、柔肌《やわはだ》をゆっくり鑑賞するつもりだったんだが。思っていたより起きるのが早かったな」

理人の手が、あおむけになった詩寿の太股《ふともも》を探る。

大きな手の触り方は優しく穏やかだったが、詩寿はそんなことに気づく余裕はない。

文庫結びにしていた帯はすでに解かれ、ベッドの上に広がっている。

水色の袷《あわせ》もはだけられて、肩はすっかり剥《む》き出し。

押し開かれた長襦袢《じゅばん》の合間から、小ぶりな胸がちらちらと見え隠れしている。

これは、まともに裸になるよりもっと恥ずかしいのではないかと思う。

詩寿の頬に、かっと羞恥《しゅうち》の血が上った。

「なんてことを……！　離してください！」

「どうしてだ？」

「いやです、いや！　離して！」

肩を上から大きな手で押さえられてしまっているので、起き上がることはできなかった。それでも力いっぱい暴れて、手足を振り回す。

得意の一本背負いで投げ飛ばしたくても、その隙がない。

あれは相手の勢いを利用する体術だから、こういう場合には一向に効果がないのだ。

男女の体格差、腕力の差はこういうときに不利だ、とつくづく思う。

必死になってなんとかうつ伏せになり、這《は》ってベッドから下りようとすると、それまで詩寿の抵抗ぶりを興味深そうに眺《なが》めていた理人が難なく細い腰を掴《つか》んで引き戻した。

「こら。とんだじゃじゃ馬だな。この期に及んで往生際《おうじょうぎわ》が悪い」

「や……っ」

バスローブの合わせ目から、理人の見事に割れた腹筋が見える。

背中越しに理人の体温を感じ、詩寿はますます盛大に暴れた。

今日は結わずに背中に下ろしていた黒髪を、理人が手櫛《てぐし》でかき上げる。

そのまま髪に鼻先を埋め、満足そうに、鼻先をくすぐる香りを堪能する。

「そうだ、この匂い……あの塗香だ」

見かけよりずっとウェイトのある理人にのしかかられると、もともとの骨格が華奢《きゃしゃ》な詩寿は押し潰されてしまいそうだった。

他人に覆い被さられると、こうも重いものなのかと――一人前の男の身体の厚み、重みに頭がくらくらする。

「お前も、男に抱かれた経験くらいあるだろう？　リラックスして楽しめ。結婚しても身体の相性が最悪だと、目も当てられないからな。今夜は味見だ」

「違う、違う、だめ！」

仰《の》け反《ぞ》ったり両手を突っ張ったりして、詩寿は必死に抗った。

身体に絡みつく理人の手足や肌から香る男の匂いが生々しくて、声がかすれる。

「だ、誰か……っ、誰か来て……！」

必死に助けを求めても、なんの反応もない。

「コンシェルジュならとっくに気を利かせて下がっている。誰も来ないさ。今日は休みだから、俺の側近の海流《かいる》も貼りついていない」

力いっぱい抵抗している詩寿の様子などお構いなしに、理人は詩寿の首筋に鼻先を押し当て、行為を続けた。

長襦袢の下に理人の手が潜《もぐ》りこみ、詩寿の胸を包みこむ。

「小さいが、触り心地は良い」

生まれて初めて異性の手に胸を好き放題撫《な》で回され、詩寿は悲鳴を上げた。

「手、熱い……！　いや、もう触らないで！」

大きな手、長い指先から熱を移しこまれているかのようだ。

未経験の熱さに喘《あえ》いでいた詩寿は次の瞬間、氷水を浴びせかけられたような気分を味わった。

「一応、結婚が決まるまでは避妊してやるから、安心しろ」

身体の相性。結婚。避妊。

——まさかこの人、このまま最後までするつもりなの……⁉　それに、花嫁はまだ決まってないってさっき言っていたのに……⁉

詩寿は理人と違って経験がないから、こうも気軽に肉体関係を持ったことがない。持とうとも思わない。

上半身を起こした理人が、着物の裾を大胆に割り、詩寿の両足を開かせようとする。

その体勢を利用して、詩寿は理人の腹部を思いっきり蹴《け》り上げた。

さすがに無反応とはいかないようで、理人がかすかに眉をひそめる。

「——おい。何をする」

「それはこっちの台詞でしょう！」

敏捷《びんしょう》なしぐさで上半身を起こした詩寿が、遠慮のない力で理人の頬を叩《たた》く。

「結婚どころかお付き合いしているわけでもないのに、一体何を考えているんですかっ！」

「は？」

詩寿が全力で平手打ちしたところで、理人の頬は赤くなってすらいない。だが納得はできないらしい。

「何をそんなに怒っているんだ？　……さっぱりわからん」

超一流の酒と食事を堪能したあと、スイートルームで官能的な一夜を楽しむ。

それが理人の流儀だったし、今までそれに逆らったり、いやがったりする女性はいなかった。

むしろ皆、理人に愛されることを喜んで受け入れたし、龍城家の一員となることを望んで自ら身体を差し出してくる相手も数え切れない。

詩寿の抵抗だってまさか本気だとは思わず、戯《たわむ》れの一種だと解釈していたくらいだ。

「食事の誘いを受けた時点で、それが常識だと思っていたんだが」

「違います！　それは理人さんの常識であって、私にとっては非常識です！」

「ここまで来て、そんなことを言われるのは初めてだ」

あきれたようにつぶやいた理人は、詩寿が小刻みに震えていることに気づいた。

「……？　なんだ。どうして震えている？」

乱れた着物姿のままベッドの上に座りこみ、ふーっ、ふーっと肩で息をしている詩寿に、そっと手を伸ばす。

詩寿は、目の端にうっすらと涙をにじませていた。

酔ってほんのりと紅潮していたはずの頬も血の気が引き、すっかり青ざめている。

理人は不意に、食べられる寸前のこの子羊がかわいそうに思えてきた——今まで遊び相手をそんなふうに思ったことは、ただの一度もなかったのに。

詩寿が今までの女性たちと違うぶん、理人もどこか引きずられているのかもしれなかった。

「どこか痛かったか……いや、そんなはずはない」

理人は丁寧に、そして優しく触れているつもりだった。

自慢ではないが、女性の扱いには慣れている。

痛がらせるようなことは一切していないはずだ。

「――怖かったのか？」

き、と詩寿が赤い瞳で理人を睨《にら》みつける。

「当たり前です！　だから、やめてくださいとお願いしています！」

身分も立場も意識の外に放り出して、詩寿は理人の胸板を拳《こぶし》で叩き、なんとかしてベッドから離れようと身をよじった。

まったく、その暴れようがいけないのだ、と理人は思う。

そうやって嗜虐心《しぎゃくしん》を煽《あお》られると、つい、追い詰めたくなってしまう。

肉食獣が獲物をいたぶって遊ぶのは、獲物が小さくて可愛いからだ。

愛おしみたいと思ってつい牙《きば》を剥いてしまうのは、狩人の習性のようなもの。

己《おのれ》の中の獣性《じゅうせい》を、理人は理性で抑えこんだ。

今夜はこれ以上、詩寿を怖がらせたくない。

この子羊には暖かく居心地の良い巣を用意し、その中でぬくぬくと守ってやりたい、と衝動のように思う。

そんなふうに思うのは、初めてだった。

「……お前はやはり変わっているな。人間というより小動物だ」

「小動物ぅ⁉」

「触り心地が良いところも、良い匂いがするところも小動物っぽい。よし、気に入った。今後は、あまり怯《おび》えさせないように可愛がるとしよう」

「ちょっと……！　勝手に私を小動物にしないでください、そういうところですよ！」

「わかったわかった」

「全然、ちっともわかってないでしょうっ！」

「よく回る口だ。塞《ふさ》いでほしいみたいだな」

理人が詩寿の顎を掴み、唇を寄せる。

逃げ場のない詩寿がとっさに目をぎゅっとつぶると、理人が吐息だけで笑うのが肌の感覚でわかった。

理人のキスは強引で、キスの経験もない詩寿は太刀打ちできない。

唇を引き結び、無理強いされるキスからなんとか逃げようと抗う。

貪《むさぼ》るようなキスは、クールで泰然とした理人のイメージと合わなかった。

「ん、んぅ…………、や…………！」

詩寿の口の中にためらいなく押し入ってきた肉厚の舌が、小さな口の中を蹂躙《じゅうりん》する。

詩寿は頭の隅で、これがファーストキスなのに、と力なくつぶやく。

どこもかしこも味わい尽くし、自分の吐息に染め上げようとするキスで、息継ぎをするのに精一杯だ。

身体を中から燃やされ、熱く溶かされてしまうような気がした。

口づけが、こんなにも熱いものだなんて、思いもしなかった。

「も、離、して……っ」

腰から力が抜けそうになってしまった詩寿の背中を、理人が片腕ですくうように抱き留める。

「ん？　もう一度か？」


その後、理人は頬に派手なひっかき傷を作って帰宅し、龍城邸の使用人一同を仰天させた。

【3】


それから、二週間後の朝。

詩寿《しず》はスーツ姿のまま仁王立《におうだ》ちして、目の前にそびえるドゥオデキム・コンツェルン本社を見上げていた。

ここは日本橋兜町《にほんばしかぶとちょう》の一角——金融業界の中枢だ。いわばここが、理人《りひと》の根城である。

ひとけのないオフィス街に、鴉《からす》の鳴き声が響く。

全面防弾ガラス張りのこの高層ビルはブラックが基調のクールなデザインで、世界的に有名な建築家の手がけたものだ。

この国の経済を取り仕切る物々しい金融街の中で、スタイリッシュで威風《いふう》堂々とした佇《たたず》まいがひときわ目を引く。

まだ誰も出社していない本社ビルは、週明けの朝陽を浴びて燦然《さんぜん》と光っていた。

「今日からここが、私の勤務先」

今日は研修期間の初日であり、異動初日でもある。出社時間には、まだ少し早い。

昨夜からそわそわしてしまって妙に早起きした詩寿は、予定よりずっと早い時間に出社していた。

当然まだ一階エントランスが施錠されているから、周囲をぐるっと散策して気分を落ち着かせる。

ガードマンがエントランスを開放してくれるまで、あと一時間近くある。

「『アリエス』とは、ビルの規模からして違うわね。見上げても最上階が見えない」

大通りを隔《へだ》てた向かいに噴水のある公園があって、隣にはささやかな神社もあった。

まず神社に参拝して、挨拶《あいさつ》を済ませる。緑豊かな公園は、清掃業者や、愛犬と散歩している飼い主たちの姿がちらほら見えた。

都心のこのあたりは不夜城とも摩天楼《まてんろう》とも呼ばれるが、朝のひとときだけはのどかに、澄み切った空気が流れる。

自販機で買ったカフェラテを手にぶらぶらと歩き、噴水側のベンチに腰を下ろす。ここからだと、座っていても本社ビルの全貌が見えた。

「三十階建てだっけ。もしエレベーターが使えなかったら、上まで登るの大変そう……」

詩寿はこれまで本社には、合同会議に出席する高俊《たかとし》のお供で何度か訪れたことがあるくらいだ。当然、内部を自由に動き回ったことはない。

「まさか、ドゥオデキムの本社に勤務することになるとは思わなかったわ」

忘れたくても忘れられないあのレストランの夜から数日後、詩寿は突然、理人つきの秘書としてヘッド・ハンティングを受けた。

曲がりなりにも詩寿も秘書であるけれど、なぜわざわざ本社に呼び寄せられたのか、詩寿にもわからない。

今まで、『アリエス』から本社に栄転した社員はいなかったはずだ。

「でもまあ、あれをヘッド・ハンティングって呼んでいいのかどうかもわからないけど」

無意識のうちに唇を尖《とが》らせる。

だって、すべては詩寿の頭越しに決められてしまったのだ。

詩寿を理人の臨時秘書に命ず、という通知が本社から高俊経由で伝えられたときにはすでに、高俊が承諾の返事を送ってしまっていた。

ドゥオデキムの人間として、高俊には拒否するという選択肢がないのだ。

「しかも最初は、すぐにでも転勤してくるようにって無茶ぶりだったし」

あのときのことを思い出すと、今でもむかむかする。

詩寿なりに仕事には誇《ほこ》りと責任感があるので、それも当然のことだった。

「仕事なのよ。いきなり異動したら引き継ぎができなくて、お父さまのスケジュールがめちゃくちゃになるでしょうに。申し送りを完璧にしなくちゃ支障が出るし私自身だって挨拶回りとかあるっていうのに、たった数日で簡単に異動なんてできるもんですか」

現場を知らない上層部は、これだから困る。

詩寿は猛烈な勢いで抗議して、高俊経由で二週間の猶予をもぎ取った。異動の猶予としては、これでも短いくらいだ。

「その間の忙しかったことといったら……！」

ここ数年、高俊専属の秘書は詩寿ひとりだけだった。

後任となる秘書を、秘書室でバックアップに回っていたメンバーから選ぶのにまず一苦労。意外なことに、秘書に関しては選り好みが激しい高俊が納得する新任秘書を選抜し、必要な引き継ぎ内容をすべてリストアップして。

社内外の知己《ちき》に挨拶回りを済ませ私物を片付け、ぎりぎりまで資料整理や新任秘書の実地研修に付き添って――。

人生初と言ってもいい、忙しさだった。

詩寿はあの夜、理人が言っていた言葉を思い出し、顔をしかめる。

――『一応、結婚が決まるまでは避妊してやるから、安心しろ』だなんて言っていたけど。

あれはきっと、あの人なりの冗談よね？

だって詩寿は結局、お見合いをしていない。

だから、自分が理人に選ばれるわけがないのだ。

「秘書として呼び寄せられたってことだよね？　まあ、行ってみればわかることよね」

鴉よりも車の通行量が多くなり、そろそろ人通りも増えてきた。

オフィス街が目覚め、動き始める時間帯だ。

今日もまた、この街から経済が動く――。

「さて、それじゃあ、行きますか」

詩寿は、自らに活を入れるように立ち上がった。


詩寿は異動初日の挨拶回りを、理人の側近で秘書室長でもある六条海流《ろくじょうかいる》に伴《ともな》われて行い、それから研修業務に移った。

いきなりの異動、しかも理人つきに配属された詩寿のことを驚いた目で見る社員は多かった。

一般人でも、名字を見ればドゥオデキムの一族かそうでないかはわかる。

八条《はちじょう》家の詩寿のことを単なる新人秘書ではなく、理人の未来の花嫁候補と受け取る社員も多く、週明けの社内はひそやかにざわめく。

「我が社ではヘッド・ハンティングは珍しくありませんし、好奇の目は無視してください。しばらくすれば社員たちも慣れるでしょう。まったく、うちの社は全体的に好奇心が強すぎるのが困りものです。雑音に気を散らさず、業務に集中するように」

「はい」

すっきりと整った顔立ちの海流は穏やかで丁寧《ていねい》で、そしてとても厳しい。彼が詩寿の直属の上司であり、指導係だ。

二十六階のエレベーターホールの真向かいに、社長室の入り口がある。

その手前の左右に分かれた広めのスペースが、秘書たちのワークスペースだ。

詩寿や海流たちはそれぞれここにデスクを持ち、申し送りやデスクワークをする際に利用する。

ただ海流も詩寿も理人について補佐するのが最重要業務なので、デスクにゆっくり腰を落ち着けていられる時間は少なそうだ。

ワークスペースには、男女合わせて三十人ほどの精鋭《せいえい》たちが常駐していて、チケットの手配やこまごました応対業務、海流のバックアップなどを受け持つ。

「八条さんも秘書畑の人ですからね。基本的な業務内容は頭に入っているでしょうし、あとは実地で覚えていただくほうが早いでしょう。彼女は一条蘭々《いちじょうらら》さん。八条さんの業務のバックアップ担当です。八条さんとは同い年ですね」

そう言って引き合わされたのは、肩につくくらいのボブヘアの、おとなしそうな女性だった。

野暮《やぼ》ったいスーツを着用し、アクセサリー類はひとつも帯びていない。

前髪が長くてうつむき気味なので、顔がほとんど見えなかった。

「一条蘭々です……よろしくお願いします」

「こちらこそ、よろしくお願いします」

名刺を渡すと、蘭々は少しおずおずとした手つきで名刺を受け取った。

一条家は、ドゥオデキムの一番目――『子《ねずみ》』の家だ。

詩寿の家と一条家とは付き合いがないので、お互い、面識はなかった。

「一条さんは事務作業が的確で早いんです。資料室の配置なども熟知していますから、彼女にもいろいろ教えてもらうといいですよ。あと、彼女の淹れるコーヒーは絶品です」

「まあ、室長。私なんて、そんな……」

「海流！　新人秘書ってその人？」

蘭々との挨拶に軽やかに割って入ってきたのは、一目見たら忘れられないくらいの美女だった。

エレベーターから降り、颯爽《さっそう》とした足取りで近づいてくる。

きらきらと光を放つ鮮《あざ》やかな金髪を形の良いショートにして、耳には大振りのピアス。

均整の取れたスタイルを趣味の良いスーツに包み、存在感が華やかだ。

この女性には、詩寿も見覚えがある。

――花嫁選びのパーティーでも、ひときわ目立っていた人だ。見事な染めの大振り袖を着こなして、すごく綺麗《きれい》だった。

ドゥオデキムの重鎮たちは彼女のことを、最有力の花嫁候補だと見なしているのだと、高俊が言っていた。

「初めまして。三条《さんじょう》纏莉《まつり》よ。広報を担当しています。家は『寅《とら》』」

纏莉がいたずらっぽく微笑《ほほえ》んで、爆弾を投げつける。

「あなたが、理人の新しいペットね？　子羊ちゃん」

詩寿は目を丸くして、かろうじて反論した。

「ペットじゃありません。秘書です」

「どうせお飾りの秘書でしょ？　まあ、彼が気に入るにしては珍しいタイプだけど」

「三条さん、お喋《しゃべ》りはそのあたりで」

海流が、一歩進んで纏莉の前に立ちはだかった。

「業務時間中ですよ。社長に御用だったのではありませんか？」

「そうよ。十分の面談をもぎ取ったの。これから行くわ」

さっさと踵《きびす》を返した纏莉は海流の肩越しに、もう一度詩寿を見た。

長いまつげに縁取られた綺麗な双眸《そうぼう》が、まともに詩寿を射る。

寅の目だ。

理人と同じく、人々の頂点に君臨する眼。

纏莉が詩寿から目をそらすことなく、酷薄《こくはく》な声音で言い切った。

「ひとつ、忠告しておくわ。どういうつもりでここに来たんだか知らないけど、本社勤めはあまくないの。ひどい目に遭う前に、身を退いたほうがいいわよ」

「三条さん」

海流の諫《いさ》める声を気にすることなく、纏莉はそのまま社長室の中へと姿を消した。

纏莉の言った台詞は気にはなったが、実際問題、詩寿はそんなことに気を取られている暇はなかった。

時刻は午後七時近く。

すでに退社して、理人の専用車は夜の大通りを龍城邸《りゅうじょう》へと向かっている。

「どうだ。やっていけそうか？」

視線を向ける理人に、詩寿は感嘆の吐息を零《こぼ》した。

詩寿は後部座席の理人の隣に座り、タブレットを操作して今日一日のスケジュールを振り返っていた。

本社と龍城邸の間は、車で十五分くらいの距離だ。

手もとのタブレットで、詩寿は、今日一日の理人のスケジュールを改めてチェックした。

「午前中に海外支社の重役たちとオンライン会議を済ませたあと決裁会議及びデスクワーク、

取引がある会社の社長とビジネスランチ、のち本社に戻って部下からの報告を受けて午後四時から経済各誌や社内誌のインタビュー、夕食前にジムに立ち寄り日課のトレーニング、そのあともう一度会社に戻って本格的なデスクワーク……殺人的なスケジュールですね」

目を白黒させる詩寿を見て、理人はくっくっと笑っている。

「社長の一日の流れは、大体こんな感じですね。国内はおろか海外での講演を依頼されることもありますし、睡眠時間を削ろうとなさることが多いのでそのあたりの調整をしっかりとするように留意してください」

助手席が定位置の海流が、身体をひねって詩寿に説明する。

白手袋を着けた運転手は、制帽を目深に被り、静かにハンドルを操って会話には参加しない。寡黙な質《たち》らしく表情もほとんど見えないが、運転はとても丁寧だった。

「ジムは私がご一緒しますので、その時間は八条さんはデスクワークに回ってください。時間が遅いときは先に退社していただいて結構です」

「いえ、そういうわけには」

「社長のスケジュールについていくのは、慣れないうちは大変でしょうから。今日は基本中の基本だけをざっと流しましたが、明日からはオンライン会議の補佐など、海外の相手向けの業務を覚えてもらいます」

「はい」

「オンラインでは専門用語も飛び交いますから、落ち着いたら、ビジネス英語のレッスンを取ったほうがいいですね。日常会話程度は大丈夫そうですが、会議となるとビジネス英語が必要不可欠ですから」

「そうします」

詩寿が、緊張気味に頷《うなず》く。

理人はタブレットで、夕刊数紙をチェック中である。

「――八条さんはこれから、理人さまのお屋敷に滞在するんでしたね」

そうなのだ。

理人の指示で、詩寿は昨日のうちに龍城邸の客室のひとつに移った。

といっても、着替えや小物などを少々持ちこんだだけだ。

生活全般は龍城邸の使用人たちの世話になるので、要は研修期間中、みっちり合宿するようなものだと思っていた詩寿は、次の理人の台詞に目を瞠《みは》った。

「秘書としての研修と並行して、花嫁修業もしてもらわないといけないからな」

「え!?」

詩寿がびっくりしたあまり、手にしていたタブレットを床に落とす。

「花嫁修業って、そんなこと聞いてません！　なんで私が？」

それには、理人のほうが吃驚《びっくり》した。

「お前、なんのためにわざわざ俺の手もとに呼んだと思っているんだ？」

「人事異動……？」

「そうじゃない」

理人が露骨《ろこつ》に顔をしかめ、どう説明するか考えこむように少しだけ口を噤《つぐ》んだ。

そして面倒になったのか、両手を広げ、肩を竦《すく》める。

「……まあ、そういうことだ」

「説明を投げないでください！　そもそも私は結婚したくないって、お話ししたはずです」

「見合いパーティーに出席した以上、その理屈は通らない」

理人は、退く気はさらさらなさそうだった。

背もたれに背をもたれさせ、悠々としたものだ。

「どのみち、俺がお前を選んで呼び寄せたことは父にも連絡済みだ。総帥の命令で、お前は俺と結婚するんだ。逆らうことはできない」

「そんな……！」

無茶な言いように詩寿は息を呑《の》んだが、ドゥオデキムではそれがまかり通る。

総帥が決めたことなら、どんなに詩寿が抵抗しても無駄《むだ》だ。

龍城家の意向は、絶対なのだから。

うろたえる詩寿を見かねて、海流が助け船を出す。

「まあまあ、その話はおいおい。先は長いんですから」

式の予定が数ヶ月後に迫っていることは、この際、棚に上げておく。

「八条さんは現在、理人さまの仮の婚約者、という立場になります。龍城家の正妻となる方は、ある程度のたしなみがなくては困りますよ」

どうやっても、この場で、詩寿が花嫁になる流れは諦めてもらえそうにない。

あとで理人に直談判して、何がなんでも断ろうと心に決める。

とりあえず詩寿は、気になったことを口にした。

「……花嫁修業って、何をすればいいんですか？　お料理とかお洗濯は、授業でやったことがあるかなレベルなんですけど……」

「家事は、八条邸同様、龍城邸にも専任の使用人たちがいます。理人さまの奥方のたしなみは茶道や華道、和裁洋裁刺繍《ししゅう》に絵画、和歌にお琴に書道、それから日舞に——」

ずらずらと並べたてられて、詩寿はそれこそ仰天した。

「そんなに必要なんですか？　私、どれもかじったことすらないです」

「おや。茶道や華道は、授業で習いませんでしたか？　女子校なら、必修科目だったのでは？」

「いいえ。選択授業の中にカリキュラムはあったと思いますけど、私は違う科目を選択していましたし」

詩寿は基本的に、興味がないことには手を出さない。

高俊もその方面では放任主義で、そういった、いわゆる花嫁教育というものを無理強いはしなかった。

だから、基礎すらわからないと正直に打ち明けると、海流が絶句する。

「それはそれは……花嫁候補の方々は皆さま、ある程度の教養はおありとうかがいましたが。八条さんの釣書《つりがき》にも、一通りのたしなみはあると書いてありましたし」

「私の釣書……？　見たことがありませんけど、書いてあるとしたらそれ、父のはったりです。お父さまったら、もう！　調子がいいんだから！」

海流が唸《うな》る。

「困りましたね。理人さまの奥方さまは結婚式のあと改めて親族の女性陣を招き、皆さんのために手ずからお茶を点《た》てるというしきたりがあるのですよ。年明けには初釜《はつがま》がありますし、花見や七夕には一族のご夫人方の和歌をお披露目する会が開かれますし、それから」

「うわあああ」

詩寿は頭を抱える。

どちらかというと得意なものは理数系で好きなのは英語、文系も嫌いではないけれど、一番苦手なのが芸術系だ。

「私、美術の成績は毎回悲惨なことになっていて、絵なんて何を書いても呪われた出来映え扱いだったし、家庭科の実習だってまともなものを作れたことがないんですよ!?　無理無理無理無理、お茶とかお花とか、そんなの絶対無理です！」

「これは想定外でしたね……理人さま、いかがいたしましょう」

海流が視線を送った先、足を組んでリラックスした様子の理人は、頬に笑みを刻《きざ》んで詩寿を見ていた。

こんなに優しそうに笑う理人を見たのは初めてで、海流は思わず目を疑う。

「心配しなくても、今から始めればいいだけの話だ。初歩の初歩から覚えていけばいい。大人になってから始めたことのほうが上達することもあるというし」

「初歩以前に、センスがないんですってば！　学生時代の美術の成績表見ます⁉　ちょっとすごいですよ⁉」

「そうだな。おもしろそうだから、今度見せてもらおうか」

「調理実習で作ったおにぎりはどうやっても形が保てなくてすぐぼろぼろに崩れたし、クッキーは焼け焦《こ》げて石炭みたいになったんですから。しかも、それなのに中身は半生だったし」

焦《あせ》る詩寿とは反対に、理人は余裕綽々《しゃくしゃく》、楽しそうに相手をしている。

「ほう、それはすごいな。ぜひ実物を拝んでみたいものだ」

「おもしろがっている場合じゃないですよ！　お茶なんて点てて、病院行きが続出したらどうするんですか。私、責任持てません！」

理人はわざとらしく、腕を組んでみせた。

「なるほど、それは困るな。そうだな……あらかじめ、医者を隣室にでも待機させておくか」

「ひとごとだと思って〜っ！　真っ先に、理人さんに飲んでいただきますからね!?」

それまで能面のような無表情で仕事に専念していた運転手が、こらえきれずに、わずかに肩を震わせた。

※

研修が始まって数日、詩寿は龍城邸のベッドで目を覚ました。

総帥は少し離れたところに別邸を構え、ずっとそちら住まいなので、この屋敷は数年前に理人が受け継いだ。

主人が暮らすための部屋のほかにもたくさんの部屋があって、客室も贅《ぜい》を尽くした、豪華な造りになっていた。

建物は明治時代に英国の設計士を招いて建てさせた洋風建築がメインで、そのところどころにわずかに和風の雰囲気《ふんいき》が混ぜられ、絶妙にマッチしている。

八条の邸宅も広いが、ドゥオデキムを統べる龍城家の住まいは桁《けた》が違った。

部屋ごとに使用されている家具はすべて年代物の逸品、重厚な佇まいに似つかわしいアンティークのインテリアで統一され、なおかつ住み心地が良いように神経が行き届いている。

各部屋から見晴らせる広い中庭には四季折々の花々が咲くよう手入れされ、まだ見に行ったことはないが、広い温室もあるらしい。

その温室で丹精を込めて育てられた花が、毎日、詩寿の部屋に運ばれる。

毎日洗いたてのシーツに交換されるベッドの枕もとにも、テーブルにも洗面所にもバスルームにも、いたるところに花、花、花。

龍城家の使用人たちは詩寿のことを理人のフィアンセと見なしているので、全力でもてなしたくて仕方ないらしい。

とんとんとん、と扉が優雅にノックされる音を聞きながら、詩寿はむくっと起き上がる。この屋敷の執事はどんな魔法を使っているのか、毎朝、詩寿が目覚めるちょうどのタイミングで朝食を運んでくる。

「笹谷《ささたに》でございます、詩寿お嬢さま。お目覚めでございますか？　入ってもよろしゅうございますか」

「はい。どうぞ」

龍城家の勤勉な執事、笹谷が銀盆を片手に入ってくる。

龍城邸の執事は、今日も早朝から隙のない正装に身を固めていた。

「おはようございます。よくお休みになられましたか？」

「ええ。ぐっすり」

笹谷が、目尻に優しい皺《しわ》を寄せて微笑んだ。

「それはよろしゅうございました」

彼は初老を迎えたばかりで、まだ若々しい見た目をしている。

今朝も黒の上着とベストに真っ白なシャツ、灰色の縦縞のトラウザーズを合わせていた。執事である彼の、定番スタイルである。

若いころに、イギリスの執事専門学校で優秀な成績を収めた笹谷はその後、階級制度が強く残るヨーロッパ各地で数人の主に仕えてキャリアを積んだ。

現在のドゥオデキム総帥と出会ってすぐに気に入られ、引き抜かれて理人つきの執事兼養育係となった。

総帥としては、自分の眼鏡に適《かな》う頼もしい人物を理人のそばにつけることで、後継ぎの息子に良い影響を与えたかったのかもしれない。

養育係の必要がなくなってからも笹谷は執事として、広大な龍城邸の維持に努めている。

「本日は冷えておりますが、とても清々《すがすが》しいお天気でございますよ。そろそろ春も近うございますね」

笹谷が、捧げ持ってきた銀盆からテーブルに朝のお茶、蜂蜜を入れたホットミルク、小皿に盛り上げたフレッシュミントのサラダにフルーツヨーグルトを乗せた一口サイズのラスク、と魔法のような手つきで並べていく。

朝のうちはあまり食欲が湧かないので朝食はいらないと言ったのだが、シェフが用意してくれたミントサラダが美味しくて、今ではすっかり詩寿のお気に入りだ。

シェフが趣味で育てているというハーブをたっぷり使ったサラダは、ミントの風味と香りが良くて、身体がすっきり目覚める。

羽二重《はぶたえ》の寝間着の上にショールを羽織り、簡単な身支度を済ませた詩寿がパウダールームから戻ってくる。

ポットから飲みごろになった紅茶を注ぎ、笹谷は詩寿のために椅子《いす》を引いた。

「どうぞ」

「ありがとうございます」

理人はこのところ早出をしているので、詩寿が目を覚ましたころにはすでに出勤している。

帰宅も遅いので、この邸宅内で詩寿が理人と顔を合わせることはほとんどなかった。

総帥の別邸に、理人の母親も住んでいるという。理人の母は高貴な家柄の出身だが引っ込み思案な人で、表舞台に顔を出すことは滅多にないらしい。

理人の朝食の給仕も自らこなす笹谷は、一体いつ寝ているのだろう、と詩寿は不思議で仕方ない。

「本日のお夕食のご用意はいかがいたしましょう？」

「遅くなると思うので、適当に済ませます」

笹谷が、残念そうに少し眉尻を落とした。

「さようでございますか。かしこまりました」

詩寿は今のところ、数えるほどしか龍城邸で夕食を摂っていない。

未来の龍城家夫人を総力を挙げて歓待したい笹谷は、それが残念なのだろう。

——私、まだ結婚を承諾していないのに。

理人の周囲の人たちの中では皆、詩寿が花嫁になることはすでに決定事項のようだ。

——総帥がお決めになったんだから、仕方ないのかもしれないけど……。

あれから何度か理人と話し合おうと思っているのだが、研修のスケジュールが容赦ないうえに理人もろくに休みを取れないので、なかなかきっかけを掴《つか》めずにいる。

このまま流されてしまうのだけはいやだ、と、詩寿は思う。

——私は、どうしたいんだろう。

考えごとに沈みこむ詩寿のティーカップに、笹谷がお代わりの紅茶を注ぐ。

「どうぞ」

この執事は、気の使い方も洗練されていた。

「ありがとうございます」

「それと、旦那さまのご指示で、詩寿さまのお茶のお稽古を、お家元に初歩から手ほどきをしていただけるようお願いいたしました。お茶のほか華道が早急の問題でございますので、まずはこのふたつを重点的に習うようにとのことでございます」

「お茶とお花………やっぱり習わないとだめですか」

「花嫁披露目と呼ばれる集まりがございまして、その際にお茶を点てるほか、お花の腕前もご披露なさるしきたりでございますから」

「やだって言ったのにー……」

笹谷は気の毒そうな眼差《まなざ》しをしていたが、主の意向を遂行するのが役目である。

「平日はお時間が取れそうにありませんから、今度の休日からお稽古を始めていただく予定で準備を進めておりますが……よろしいでしょうか」

こうして、否応《いやおう》なしに詩寿の花嫁修業も始まった。

【4】

本社はピリピリした雰囲気《ふんいき》かと思いきや結構フレンドリーで、無駄《むだ》な雑用をしないで社員が業務に集中できるよう、福利厚生も整えられていた。

各部署にあてがわれたフロアは白とウッドブラウンで明るく統一され、特に社長室は開放的な雰囲気で、陽当たりも良い。

デスクやキャビネット、ソファセットなどは華美ではなく質素でもなく、手触りの良い上質な革を使った品が多かった。

豪奢《ごうしゃ》な応接室は別階にあるので、社長室は理人《りひと》の好みを反映して実直な仕事場となっている。

空調完備の社長室に、淹れたてのコーヒーの香りが漂う。

昼過ぎの今は一日のうちで詩寿《しず》が一番、まとまった時間が取れる時間帯である。

「一息入れよう。数日経ったが、どうだ？　少しは慣れたようだが」

書類の処理に集中していた理人がそう言って、デスクから立ち上がった。

ソファでタブレット相手にデータチェックをしていた詩寿も、顔を上げる。

一条蘭々《いちじょうらら》が、詩寿のそばにもコーヒーを置いてそっと出て行った。海流《かいる》は資料室に行っていていない。

社長室に、ふたりきり。

「はい、感覚的にはだいぶ掴《つか》めてきたと思います」

業務内容は多岐に亘るので、まだまだ把握しきれていない。

今のところ詩寿は理人のスケジュール管理のフォローやバックアップなど、当たり障りのない範囲の仕事しか携《たずさ》わっていない。

重要な案件のあらましを把握したり、社外秘事項などに触れられるようになるのは、研修を終えて正式な秘書になり、信頼を得てからのことだ。

「飲みこみが早いと海流が感心していたぞ」

「室長が？　本当ですか⁉」

嬉《うれ》しくて、詩寿は思わず微笑《ほほえ》んだ。

仕事において常に完璧な海流のことを、詩寿は今では心から尊敬している。

ぱっと見、無表情でとっつきにくそうに見えるけれど中身はとても熱い人で、秘書としては文句なしにパーフェクトだ。

詩寿の志《こころざ》す秘書そのもので、究極と言ってもいいような人物だった。

「本当だ。お前の研修プランはすでに立ててあるが、一歩踏みこんで育成プランを作りたいと言っていたからな」

秘書室の室長としての見る目も確かで、海流はこれまで、有能な部下を何人も育ててきた。無能な社員は必要ないと言い切る海流が詩寿の育成に乗り出したということは、それなりに見どころがあるということなのだろう。

理人は詩寿の隣にごく自然なしぐさで腰を下ろす。

理人のウェイトで、座面が軽く沈んだ。

「率直に言えばお前のスキルはまだまだ未熟だが、時々、意外な方向性からものごとを見る。これは、秘書としては得がたい資質だ」

一呼吸置いて、理人が続けた。

「秘書というのはただ控えているように見せてその実、すべてに気を配らないといけない。お前はマイペースでおっとりしているように見えて、案外、他人をよく見ているからな。もともと、秘書向きなんだろう」

そういう人間がそばにいると、理人の仕事が順調に回るのだ。

最近の社員はそういった意識が希薄で、隙あらば自己主張を始める社員も多い。それはそれで一社員としては頼もしい限りだが、秘書には向いていない。

理人の視線の先で、詩寿が大きな目を零《こぼ》れ落ちそうなくらい見開いていた。

「なんだ。どうした」

「理人さん……いえ、社長にそんなふうに言われるとは思わなかったので、ちょっと面食らっているんです」

良くも悪くもマイペースなので、今までは注意されることのほうが多かった。

それに、仕事に関しては冷酷無比と評される理人が他人を褒《ほ》めるところなど、想像したこともなかった。

「お前は俺を一体なんだと思っているんだ」

詩寿が即答する。

「率直に申し上げていいなら、『女ったらし』でしょうか」

こういう正直すぎるところが天然と言われるのだけれど、本人はそれを自覚していない。

「おい」

「だってあの日の社長は強引で、最低な女ったらし以外の何者でもありませんでしたから。それは事実です」

ほぼ初対面だというのにベッドルームに連れこまれた挙げ句、小動物扱いされたことを、詩寿はまだ忘れていない。

「ふん。信用がないな」

「でも本社に来て、社長が日ごろどれだけ働いていらっしゃるか知りました」

理人は毎日、本当に忙しい。

朝から晩まで働き詰めで、最初のころは愕然《がくぜん》としたものだ。

ドゥオデキム・コンツェルンの次期総帥が、こんなにも多忙だとは詩寿は今まで考えたこともなかった。

詩寿も理人に付き合って早出をしようとしたのだが、これは時間外労働だからと、定時に出勤できるよう車の手配をされてしまった。

理人には海流や重役たちとじっくり話し合って進めなければならない案件も多いのだろうし、いくつもの大がかりなプロジェクトを同時進行で抱えているため、圧倒的に時間が足りないのだ。

詩寿のような研修中の身で、役に立てることはとても少ない。

「これでも次期総帥だからな。俺が動かなければ下も動けない。お前は？」

「え？」

「お前、帰宅してからも休まずに花嫁修業をしているそうじゃないか。根《こん》を詰めているんじゃないかと、笹谷《ささたに》が心配していたぞ」

「だって龍城《りゅうじょう》家の親類や親しいお付き合いのある名門の家柄のリスト、しきたりや年中行事なんかの束《たば》を渡してきたの、理人さんじゃないですか」

山積みの資料をまとめてどさっと渡されたときの衝撃を、一度でいいから想像してみてほしい。

「あんなにたくさんあったら、毎日こつこつやっていかないと覚えきれません。私、一夜漬けは苦手なんです。それに」

「それに？」

詩寿は一拍置いてから、できるだけ理人の顔を見ないようにして続けた。

手はいつの間にか理人に握られてしまっていて、振りほどくことができない。

「社長、離してください……仕事中です」

「今は休憩中だ」

「私……まだ、結婚を承諾したわけじゃないんですよ」

根が生真面目《きまじめ》だから、資料等を渡されると没頭してしまう——でも詩寿は、理人の妻になると決めてはいない。

いくら相手がドゥオデキム・コンツェルンの次期総帥であっても、詩寿の心まで勝手に決めることはできないはずだ。

「お父さまは異動の話がきてからもう喜んじゃって私の話なんて耳を素通りさせているし、お母さまは一族の出身じゃないからまだお見合いのことも打ち明けられていないし、お友達にも迂闊《うかつ》に口を滑らせるわけにはいかないし」

今現在、心を許せる相談相手がいないのは困った問題だった。

「ばあやとじいやは話を聞いてくれるけど、余計な心配させたくないし……」

詩寿の手を離さないままの理人が、なんでもないことのように頷《うなず》いた。

「お前が、俺との結婚に踏ん切りがつけられずにいるのは知っている。ただの結婚ではなくさまざまな思惑が絡んでくるし、決断するのは容易ではないだろうな。お前は考えすぎるところがあるようだから」

この人も案外周囲をよく見ているので、詩寿の悩みも手に取るように理解しているのかもしれない。

「だが、心配しなくていい。お前が俺に惚《ほ》れればいい。結婚そのものが、どうしてもいやなわけじゃないんだろう？」

「それはそうですけど……人生がかかっていることですし、そう簡単にはいきません」

理人の長い指が詩寿の顎を捕らえ、自分のほうを向かせる。

昼日中だというのに、理人の眼差《まなざ》しは男の色香が滴《したた》り落ちるように煌《きら》めいていた。

「いかせてみせるさ」

こういうときの理人はためらいも遠慮もなく、その傲慢な強引さが詩寿には少し怖い。

思わず、ぎゅ、と目をつぶる。

——……あ。

耳の奥に甲高い、聞き慣れない音が聞こえたような気がして、詩寿はまつげを震わせる。このところ何度か似た感覚があって、耳が詰まったような、目が回る寸前のような——妙な感覚だ。

「お前、…………のか？」

座り直した理人が両手で詩寿の頬を包み、背を屈《かが》めるようにして顔を覗《のぞ》きこんでくる。

耳鳴りのせいで理人の言葉を聞き取れなくて、詩寿ははっと瞼《まぶた》を上げた。

「すみません。今、なんて仰《おっしゃ》いましたか？」

「だから、睡眠はしっかり取っているのかと聞いている」

「それはもう、たっぷりと。毎晩、目をつぶったと思ったらもう朝です」

「じゃあ、顔色が悪いのはなぜだ」

「悪いですか？」

身だしなみも仕事のうちだから、それなりに気を使っているつもりなのだけれど。

詩寿は自分の格好を見下ろした。

地味めだけれど顔写りの良いブルーグレイのスーツに、アイロンを綺麗《きれい》にかけたブラウス。

メイクは気を抜くとナチュラルになりすぎてしまう癖があるので、心持ち濃いめに。

秘書という仕事は縁の下の力持ちなので、目立つようなアクセサリーは着けない。

「さっき鏡で見たときは、別になんとも……」

「顔色が悪いというより、痩《や》せた。食事は？　都合がつかないから一緒に摂っていないが、きちんと昼食は食べているんだろうな」

ぎく、と詩寿は身を竦《すく》ませた。

「うちの社員食堂は、俺は利用する機会がなかなかないが評判はいいんだぞ。もう行ってみたか？」

「いいえ、残念ながらまだ……」

「食べないと力が出ないだろう。秘書は体力勝負だ」

ランチどころか夕食も仕事の片手間に、栄養バランスの取れたシリアルバーのようなもので簡単に済ませてしまっているから——痩せた原因はもしかしてそれかなと思い当たり、詩寿は目を泳がせた。

「あの……大丈夫です、はい。ちょっとダイエット中なだけですから」

「下手《へた》な嘘《うそ》をつくな。本当にわかりやすいな、お前」

「朝食は笹谷さんが運んできてくれるし、シリアルバーなら必要な栄養が摂れるから大丈夫なはずです」

「シリアルバー？　その程度で身体がもつものか」

理人が顔をしかめた。

「忙しくても食事はしっかり摂れ。体調管理も仕事のうちだぞ」

「大丈夫です。健康には自信があります」

「——ということは、まだ気づいていないんだな」

「え？」

「ちょっと、俺の前に立ってみろ」

命令されて、詩寿はすなおに立ち上がった。

途端に視界がくらくらして、足がもつれる。

「あ、あれ………？」

「ほらみろ」

自身も立ち上がって詩寿を片腕で支えた理人が、あきれたように眉尻を下げた。

「熱を出しているだろう。目が潤《うる》んでいるし、身体がふらついている」

「熱？　私、風邪なんて引いてません。私、昔から丈夫で、滅多に風邪を引かないのが自慢なんです」

理人が、大きな手を詩寿の額に当てた。

冷たくて気持ち良くて、詩寿は思わず吐息を零す。小動物のように扱われているとしても、この人に触れられるのはとても気持ちが良い。

反対に理人は、舌打ちしかねない勢いで眉間に皺《しわ》を寄せる。

「思ったより熱が高いな。このぶんだと、三十八度近くあるぞ」

「じゃあ、さっきから耳鳴りがしているのはそのせいだったんですね。耳に膜が張ったみたいで聞こえにくいんですけど、でも平気ですってば。仕事はできます。あとで解熱薬でも飲みますから」

でも、うつらないでくださいね、とそれだけは釘を刺す。

理人に倒れられたら、おおごとになってしまう。

「何を言っている。三十八度は立派な病人だ」

怒ったようにそうつぶやいた理人が、詩寿をソファに押し戻した。

「大丈夫なのに」

「いいから、少し休め。じっとしていろ」

そう言うなり、理人の膝の上に横抱きにされてしまい、詩寿は慌てる。

「ちょっと……！　会社でこういうことはやめてください」

「誰も見てない」

「そういう問題じゃありません」

「そういう問題だ。ここは俺の会社で、俺の部屋だ」

それは確かにそうだけれども、と困惑する詩寿に、理人が声の調子をやわらげた。詩寿の目を至近距離から覗《のぞ》きこんで、ゆっくりめに発音する。

「心配しなくても、こんなときに手を出すほど鬼畜《きちく》じゃない。それともお前、今ここで襲われたいか？」

詩寿はぷるぷると首を振る。

「いえ全然！」

「だったらおとなしくしていろ。抵抗したら、手を出すぞ」


海流は社長室に入室するなり、後ろ手に扉を閉めた。

そして、いつもとまったく変わらない丁寧な口調で、静かに進言する。

「――社長、何をなさっているんですか。ドゥオデキム・コンツェルンのためにも、セクハラ行為はお控えください」

ソファに座る理人の膝を枕に、詩寿が横たわっているのだ。いきなりそんな光景を見れば、誰でも驚く。

けれど百戦錬磨の有能な秘書は、かすかに片方の眉を上げて驚きを示しただけだった。

「おい、何がセクハラだ。こいつが目を覚ましたら屋敷に送らせるから、少し静かにしろ。やっと眠ったところなんだ」

「……？　八条《はちじょう》さん、体調が悪いのですか？」

「ああ」

足音を忍ばせて近づいた海流が、詩寿の顔をそっと覗きこむ。

詩寿は、やわらかそうな頬を真っ赤に火照《ほて》らせて目を閉じていた。

「これは……だいぶ、熱が高そうですね」

「気の張り詰めどおしだったから、疲れが出たんだろう」

理人は無意識のうちなのか、詩寿の頭をそっと撫《な》でている。海流はその様子を眺《なが》め、声のボリュームをさらに落とした。

「本当に、その方を秘書にするおつもりですか」

海流は当初、理人が詩寿を呼び寄せたのは遊びの延長だと思っていた。

気に入られた花嫁候補のほうも、どうせ世間知らずな令嬢が遊び半分でやって来るのだと思っていたが――詩寿は海流のそんな懸念を、良い意味で裏切った。

厳しいことで有名な海流の研修で、詩寿は今のところ好感触を与えている。

「そのために研修をしているんだろう」

「龍城家の正妻としてお迎えになるおつもりでしたら、仕事を持つ必要はないかと存じますが」

そこが、海流がいまだ理解できずにいることだ。

今まで理人は、遊び相手を会社に招いたりはしなかった。遊びと仕事をきっちり分けていたから、理人が詩寿を秘書として呼び寄せると言い出したとき、海流は心底驚いたのだ。

そして迎えられた詩寿のほうも、本気で仕事と向き合っている。

理人も詩寿も、海流の中の常識からは大きく外れていた。

「奥方となれば理人さまのお相手や生まれてくるお子さまの養育、龍城家の伝統としきたりを保つためのお務めで忙しくて、とても秘書の仕事を続けられる余裕はありませんでしょうに」

龍城家夫人として表舞台に出ることや会社の役員として名を連ねることはあっても、実際に出社して業務をこなす必要はない。

「お気に召したのであれば、龍城邸に置いて花嫁修業に専念させるべきです。なぜわざわざ秘書としてお迎えになったのか、その真意を掴《つか》みかねております」

「お前の仕事がやりにくいか？」

はい、と海流が率直に認めた。

未来の主家の夫人を部下に持つということを、今は、できるだけ考えないようにして普通に上司と部下として接している。それでも、海流の中で遠慮はある。

「俺も最初は、さっさと屋敷に迎えるつもりだったんだが、当人はちっともその気がない。押しまくってもいいんだが、あまり押すと逃げられそうだ。こいつは、恋愛面ではまだ子どもなんだ」

理人にとっても、詩寿は存在からして新鮮だった。

ドゥオデキム次期総帥の妻になりたいと願う女性は多い。理人とドゥオデキム・コンツェルンを切り離して考える相手は、今までひとりもいなかった。

有り余る財産に目が眩《くら》んだ女性たち、次期総帥の妻の座を狙う女性たち、世界的な大企業のトップシークレットを奪おうと企《たくら》むハイエナたち。

息をするのと同じくらい自然に打算と駆け引きがある世界が、理人の生きる世界だ。

いつ誰に寝首をかかれないとも限らないから――海流のようなごく少数の例外を除いて――理人は誰も信用しない。

詩寿はそういった垣根を斜め上に跳び越えたところにいるようで、理人としても少し落ち着かない。

ただ、詩寿にいちいち驚かされるのは不快ではなかった。

「食事に誘っても帰りたがる、ベッドルームに連れこんでも靡《なび》かない女がいるなんて、考えたこともなかった」

「だから、手に入れたいと思ったんですか？」

「そのとおりだ」

龍城理人の妻になりたいかと尋ねられて、きっぱり否定する女性も初めてだった。あのときの感情をなんと表現すればいいのか、理人はいまだ答えが出ない。

不愉快ではなかった――それだけは確かだ。

むしろ理人はあのとき、嬉《うれ》しかった。

だから、詩寿を手もとに置いておきたい。

そばにいたい。

手に入れたい。

湧き上がる衝動は日々大きく膨れ上がって、理人は生まれて初めて味わうこの感情に、戸惑いつつも楽しんでいる。

理人の言いたいことを、海流は理解できたような気がした。

「――意外性の塊のような方ですからね。まあ確かに私も、振り袖姿で暴漢を投げ飛ばしたシーンはぜひ拝見したかったです」

あのときのことを思い出すと、理人は笑わずにはいられない。思えば出会いの瞬間から、詩寿の言動は破天荒《はてんこう》そのものだった。

自分の幸せは自分で決めると言い切った姿は、今も理人の脳裏に焼きついている。

流されやすそうでいて、流されない。

自分をしっかり持っているようで、それなのに流されてしまいかねない危なっかしさもある。

何から何まで、詩寿は理人の予想の範疇《はんちゅう》を超える。

そこがおもしろいのだ。

「こうして見ている限りは、おとなしそうに見えるんだがな」

「そういうところも魅力なのでしょう?」

理人は大人びた微笑ひとつで、海流の言ったことを肯定した。

「親父殿が決めた式の日まではまだ少し時間がある。それまでに承諾させてみせるが……仕事を続けるかどうかは、本人に選ばせようと思っている」

きっぱりと言う理人の横顔を見て、海流は微苦笑した。

「あなたとは、小学校のころからの付き合いになりますが」

「そうだな。初めて道場で会ったときからだから、もう、二十年以上になるか」

理人が、少し懐かしそうに目もとをやわらげた。

「知りませんでした。あなた、本気の相手はとことんあまやかすタイプだったんですね」

思いがけないことを言われて、理人が咳《せ》きこむ。

海流のためのコーヒーを持ってきた蘭々が、その様子にびっくりして立ち竦《すく》んでいた。


ぐっすりと眠っていた詩寿は、ふと人の気配を感じ取って目を覚ました。

ベッドの傍《かたわ》らに椅子《いす》を寄せ、理人が腰を下ろしている。

「ああ、悪い。起こしたか？」

「いえ……」

なぜ詩寿の寝室に当然のように理人がいるのかわからなくて、詩寿は曖昧《あいまい》に答えた。いつの間にか額に、固く絞った手拭《ぬぐ》いが乗せられている。

枕もとの時計を見ると、午後八時過ぎ。いつもの理人なら、まだ仕事中のはずである。

「調子はどうだ」

「すごく楽になりました。結局早退してしまって、申し訳ありません」

起き上がろうとすると、やわらかく押しとどめられた。部屋の明かりはわずかに絞ってあったが、薄暗いというほどでもない。

「無理をするなよ。また、やせ我慢しているんじゃないだろうな」

「本当なんです。頭がすっきりして、身体も軽くて」

「医者が言っていた。仕事に熱中するあまり食事を抜くのは感心しないと」

「すみません。反省しています」

背もたれつきの椅子に座った理人はスーツの上着を脱ぎシャツの袖もまくり上げて、くつろいだ姿をしていた。

ネクタイも解き、無造作に椅子の背にかけてある。

チェストの上には、氷を浮かべた金属製のボウルが置いてあった。

「――もしかして、ずっと付き添っていてくださったんですか？」

「ずっとじゃない。帰ってきてからだ。だから、まだ一時間くらいだな」

一足先に詩寿を龍城邸に送り届けて、理人は本社に戻った。

そのあと大急ぎで仕事を片付けてきたのだと、なんでもないことのように言う。

「……お気持ちは嬉しいですけど、大袈裟《げさ》ですよ……」

詩寿は掛け布団を口もとまで引っ張り上げて、ベッドに潜《もぐ》りこんでしまった。

龍城家かかりつけの医師に往診してもらって特に重大な疾患はないと言われたのに、シェフは特製の玉子粥《がゆ》を作ってくれるわ、笹谷はりんごのすり下ろしを運んで来るわ。

メイドたちは部屋を暖めるわ詩寿の着替えを手伝うわで、寄ってたかって、盛大に世話を焼かれてしまったのだ。

「こんなこと、たいしたことじゃないのに」

優しい人たちにこんなに迷惑をかけてしまったことが申し訳なくて恥ずかしくて、詩寿は自己嫌悪せずにはいられない。

「もう大人なんですし、私の自己管理があまかっただけなのに」

「まあそう言うな。生きているのだから、体調を崩すのは当然だ。気にしなくていい。うちの連中は世話好きだから、お前を構えてかえって喜んでいるかもしれないぞ」

「そんな」

ドアがごく控えめにノックされて、笹谷がそっと顔を覗かせた。

「旦那さま。詩寿さまのご様子はいかがでございましょうか？　温かいお茶をお持ちいたしました」

「笹谷か。入れ。思ったより元気そうだぞ」

「それはようございました。食欲がおありでしたら、シェフがお腹に優しいプリンやゼリーやサンドイッチやスープなどを用意しております。シチューやグラタン、小さなおむすびや茶碗蒸しなども」

笹谷が、詩寿が好きなメニューをずらずらと並べる。

聞いていた詩寿は、思わず笑ってしまった。

理人も苦笑を浮かべて、笹谷に注意する。

「世話をしたいのはわかるが、時間が時間だし、詩寿もそんなに一気には食べられないだろう。あとは俺がやるから、皆はもう休むよう伝えてくれ」

「かしこまりました」

ほどよい温度のお茶をふたりに手渡してから、笹谷が下がる。

理人も、夕食はもう済ませてあるらしい。

「お前、あまり頑張りすぎずに、適度に手を抜け。息抜きする方法を覚えていかないと、身がもたないぞ。海流が異様に厳しいせいで、社内では俺までブラック気質だと誤解されているきらいがある」

盛大にため息をつく理人に、詩寿は、くすっと笑う。

ティーカップを受け取り、口に運ぶ。

笹谷がワゴンで運んできてくれたお茶はほんのりあまくて、なんの花だかわからないけれど、茶葉に華やかな香りが移してあった。

弱っている詩寿の身体を刺激しない、穏やかな味わいだ。

「ドゥオデキム・コンツェルンはブラック企業じゃない。休むのは人間として当然の権利だから、お前も今後無理はするな。わかったな」

「理人さんは、変な人ですね」

ぽろっと本音を零すと、二人分のティーカップをワゴンに戻した理人がものすごく妙な顔をした。

「お前にだけは言われたくない台詞だ」

「そうですか？」

「俺のどこが変なんだ。言ってみろ」

「怖そうに見えるのに怖くなかったり、厳しそうに見えるのに厳しくなかったり……意外性の塊みたいな人だなって思います」

「その言葉はお前にそっくり返す」

それはそうと、と理人が一度言葉を区切った。

目を眇《すが》め、ベッドの上で上半身を起こした詩寿を眺めている。

今さらながらに詩寿は、自分が今、メイクを落とした素顔で、羽二重《はぶたえ》一枚の寝間着姿であることを思い出した。

「――そういう格好をしていると、いつもより幼く見えるな。いつももまあ、充分幼いが」

「ひっどーい」

片手で髪をかき上げた理人が、ベッドに乗り上げてくる。

途端に危機感を覚えて、詩寿は硬直した。

「え。あの」

「心配するな。病人に無理はさせない」

ふわ、と抱き締められる。

痛くも苦しくもない力加減だけれど、理人の肌の熱がダイレクトに伝わる距離だ。妙にどきどきしてしまって、詩寿は落ち着きなく、もぞもぞと身じろいだ。

理人の低い声が、詩寿の耳もとでくぐもる。

「俺に触れられるのは、いやか？」

小さい子どもにするように背中を優しく撫でられて、詩寿は少しの間返事に迷った。

困り果てたように理人の肩に顔を埋め、しぶしぶ答える。

「……いやではないです。恥ずかしいけど」

「いやじゃないならいい」

理人は勝手に納得して、詩寿の黒髪に指先を潜りこませた。

詩寿は理人の胸に顔を埋めさせられ、髪も肌も好き勝手に触れられて、まるで猫にでもなったような気分だった。

この人は、詩寿のことをとことん小動物扱いしないと気が済まないのだろうか、と心の中で思う。

けれどまあ、こんなふうに抱き締められるのは悪くなかった。

先ほど社長室で寝かしつけられたときもこの人の手は温かく力強くて、安心感があるということを詩寿はもう知っている。

ただ、ちょっと気恥ずかしくて落ち着かなかった。

それを詩寿が怯《おび》えていると受け取ったのか、理人がそっと囁《ささや》く。

「もう強引にはしないから、安心しろ」

「そういうわけじゃないんですけど、安心しろと言われて、すなおに安心するわけにはいかないです」

未婚の女性として、異性の腕の中で寝間着姿で安心していてはいけないのだ。

そうわかっているのに、理人の腕から逃げたいとは思わなかった——あることに気づいて、詩寿は、くん、と匂いを確かめた。

「あれ？　……この香り」

「ん？」

「理人さん、私の塗香《ずこう》と同じ匂いがするような……？」

理人がさらりと頷く。

「ああ。気に入ったので、取り寄せたんだ」

「やっぱり」

香木の少しスモーキーでウッディーな香りが、理人によく似合っていた。

塗香は、同じものを使っても個人差が出る。使う人の体温と体臭が混じって香りが完成されるので、詩寿が使えば少しあまやかに、理人が使えばきりっと引き締まる。

大きな胸に抱き留められてふわふわとした気分を味わっていた詩寿に、理人がゆっくりと唇を寄せる。

「…………」

唇同士が触れるだけのキスまでは、詩寿も心構えをしていた。でもそのあとは、まったくもって想定外だ。

腰から下に手が這《は》わされていくのを感じ取って、慌てる。

「理人さん、何をする気ですか」

「撫でているだけだ。何か違うか？」

「絶対違うでしょう！」

『病人に無理はさせない』と押し倒されて、もう随分になる。

細帯で結んだだけの寝間着はしわくちゃになって、しっとりと汗ばんだ詩寿の肌にかろうじてまとわりついていた。

薄布の上から理人が遠慮なくあちこち触るので、白い足も肩も剥《む》き出しにされかかっている。

詩寿は開かれそうになる胸と下肢の合わせ目とを、必死に手で掴んで押さえていた。

自分の衣服の中に他人の、それも異性の手が忍びこんでいるありさまは強烈だ。

詩寿の息が乱れ、声が震える。

「撫でるだけ、って、言ったの、に……っ」

「撫でているだけだろう？　お前が裸になるのはいやだと言うから脱がせてもいない。少し触るくらい、たいしたことじゃない」

「充分、たいしたことです……っ」

熱は下がったはずなのに、詩寿の両頬が燃え上がりそうな勢いで火照っている。

曲がりなりにも着衣のままいたずらするのが理人なりの譲歩なのだとしても、その気遣いの仕方自体、方向性が間違っている、と詩寿は強硬に意見したい。

だが次の瞬間、詩寿はひっと息を呑《の》んだ。

「なに、して……やあっ」

羽二重の上から、理人が詩寿の胸にむしゃぶりついたのだ。

赤い凝りがきつく吸い上げられて、全身にあまい疼《うず》きのようなものが走る。

男の唾液でじんわりと湿る寝間着を介してもわかる、理人の口の熱さ。

肉厚で器用な舌が胸の先端を布越しにきゅっと引っ張り、吸い上げ、押し潰したり転がしたりして全体に絡みつく。

「それ、やっ……っ」

じわじわと力を奪い取られていくようで、身体がぐったりとシーツに沈みこんでしまう。肌の内側がかあっと火照って、熱の逃げ場がなくて戸惑う。

じっとしていられなくて必死に手足をばたつかせると、難なく押さえこまれてしまった。

「暴れると熱が上がるぞ。おとなしくしていろ」

「熱が上がるようなことをしているのは、誰ですか……！」

「……俺と結婚するのは、本当にいやか？」

唐突にそう尋ねられて、詩寿はびっくりしてすべての抵抗を止めた。

「――――」

しばらく口をぽかんと開けたまま黙って、それからゆっくりと言う。

「……私がこんなことを言うのはちょっと違うって思うんですけど、それはわかっているんですけど」

前置きをして、詩寿は続けた。

枕に頭を預けたまま、シャツのボタンを全開にした理人の腕の中に閉じこめられたまま。

「これ、絶対、今このタイミングで言うことじゃないと思います……！」

羞恥《しゅうち》で頭の芯まで痺《しび》れているときに、まともに返事ができるはずがない。

肘をついて詩寿を見下ろした理人は、一切動じなかった。

理人自身、詩寿のことをどうこう言えないレベルで我が道を行くタイプだ。

真下から見上げる理人の唇がいつもより赤く染まっていることに気づいて、詩寿は恥ずかしくてたまらない。

男らしくやや薄めの唇が充血しているのは、今まで、たっぷりと詩寿の唇と肌にキスしていたせいだ。

理人はふっと微笑んで、指の腹で詩寿の唇を撫でた。

理人にキスされた詩寿の唇も、理人と同じようにふっくらと色づいて艶《なま》めかしく光っているに違いない。

「タイミング云々《うんぬん》を気にしていてもまどろっこしい。聞きたいから聞く。ちなみに俺はお前を気に入ったから、妻にすると決めた」

同じようなことを、何度か言われている。

でも詩寿はそれをそのまま受け入れることはできない。

「いい加減、覚悟を決めて俺を選べ」

片腕で腰をすくい上げるように抱き上げられ、耳たぶに唇を押し当てられて熱く囁かれる。

「一生、不自由はさせない」

腰骨の上に、理人のがっちりとした腰骨を押しつけられている——詩寿は少し身をよじって、理人の身体の下から逃げだそうとした。

理人に惹《ひ》かれ始めていることは、詩寿自身、自覚している。そうでなければ、こんな触れ方は許さない。

それは、理人も見抜いていた。

「何が怖い？　お前は最初から、本当の意味で俺を拒絶していない。俺が嫌いなら、花嫁候補だろうがなんだろうがとっくに逃げているだろう。そういうところで、お前は変に遠慮しないはずだ」

そのとおりです、と詩寿が認める。

「理人さんのことは尊敬していますし……好きだとも思います」

ドゥオデキムの頂点に君臨する血も涙もない独裁者だと聞いていたが、実際に接してみると仕事に対しても一族に対してもとてもまじめで、コンツェルンのことを第一に考えているような人だった。

そして、思っていた以上に魅力的だった。

こんな人がそばにいて、魅了されないはずがない。

惹かれないはずがない。

「意外だったんですけど……本当に、理人さんとこんなふうに喋《しゃべ》ったり看病してもらったりするなんて、本当に意外だったんですけど」

「意外をそんなに強調する必要があるか？」

凛々《りり》しい眉尻をかすかに下げて鼻を鳴らす理人はまんざらでもないようで、詩寿の片手を取ってその甲にキスをした。

しぐさのひとつひとつに男としての自信が溢れるようで、それでいて野性的だった。

理人の色気に当てられて、このまま流されても構わないと思ってしまうくらい。

それでも詩寿には、承諾できない理由がある。

「親が決めた結婚というのにも、引っかかるものはあるんですけど……」

ドゥオデキムの一族でなくても、それなりの家柄の令嬢たちは親の決めた縁談に従う。

詩寿の友人たちも子どものころからフィアンセがいて、それを不思議にも思っていない様子だった。

「うちは父が自由恋愛至上主義だから、結婚を強制されたことはなくて」

この際、思っていることをすべて打ち明けてしまおう。

詩寿は、そう覚悟を決める。

これだけ文句を言っても抵抗してみても、理人は怒らない。

噂どおり遊び人で女ったらしで、だけど噂より冷酷ではなく、懐《ふところ》がとても広い人だとわかったから――。

「――理人さんの結婚は、子どもを作ることが目的……ですよね？」

世間一般の結婚なら、もし子どもが授からなくても問題はないだろう。夫婦ふたりで寄り添って、仲良く幸せに暮らすことは可能なはずだ。

だが、理人の場合は違う。

理人の結婚は、後継ぎを授かるための婚姻。

「そのとおりだ。……それが、どうした？」

「私は、子どもが欲しくないんです」

「――理由は？」

「ご存じかもしれませんが、父が再婚を繰り返す癖があって私の兄弟は全員腹違いです。悪いことばかりではなかったけれど、いざこざが絶えない時期もあったし、結婚そのものが……うまくいくとは思えなくて」

「……つらかったか」

ぎゅ、と抱き締められる。

理人なりに慰《なぐさ》めているつもりなのだとわかって、詩寿は全身の力を抜き、身を委ねた。どんどん、理人の体温に馴染《なじ》んでいく。

「つらかった、というのはちょっと違う気がします……からかわれることはありましたけど」

他人の陰口は関心がないので、何を言われても、別にどうでも良かった。両親の離婚の余波を受けて、不幸だったというわけでもない。

ただ、ちょっとだけ——寂しくなかったと言えば、それは嘘になる。

家には父がいて兄がいて弟がいて、ばあやがいてじいやがいて、大勢の使用人たちが優しく守ってくれた。

恵まれた立場であることは承知しているし、大切に育ててもらった自覚もある。

けれど詩寿は母の日にプレゼントを贈ったことはないし、母親と手を繋《つな》いで幼稚園の遠足に参加したこともない。

不幸ぶりたいわけではないけれど、それはれっきとした事実だ。

「でも、父親のデートに鉢合わせするとか新しい義母と顔合わせするとか、そういうことがよその家ではあまりないと知って——母がそういうことに耐えきれずに離婚したのもわかる気がして」

高俊《たかとし》のことは父親として敬愛しているし、兄弟たちのことももちろん好きだ。

「この結婚は、普通の結婚とは違うでしょう？　子どもを産むことが第一目的なのですから、私がこんな気持ちのままでお受けすることはできないと思うんです……生まれてくる子どもがかわいそうなのは、絶対にいやなんです」

黙って詩寿の声に耳を傾《かたむ》けていた理人が、おもむろに詩寿の肩に額を埋めて吐息を零した。

「――そうか。そういう事情だったか……良かった。ほっとした」

「理人さん？」

「――俺の血を引く子どもなんて産みたくない、とでも言い出すのかと思った」

詩寿の肩から顔を上げた理人は、やけに晴れ晴れとした表情を浮かべていた。

「縁談そのものにお前が気乗りしていなかった理由がよくわかった。父親の影響だったんだな。問題さえわかれば、解決は時間の問題だ。少々荒っぽいかもしれないが、ショック療法という手もある」

「ショック療法……？」

詩寿が首を傾《かし》げる。

なぜだか墓穴《ぼけつ》を掘ったような気分になって不安そうな詩寿を見下ろし、理人は傲然《ごうぜん》と言い放った。

「大丈夫だ。お前が俺の子どもを産みたいと自分から言い出せるようにしてやるから、任せておけ」

※

「詩寿、こっちだ」

数日後の、詩寿の体調が万全に戻った夜。

詩寿は理人に手を引かれて、彼の寝室に初めて足を踏み入れた。

「わあ……！　すごい眺め」

綺麗に澄み渡った夜空が目に飛びこんできて、詩寿は思わず窓辺に駆け寄った。

大きな窓の向こうに、東京とは思えないくらいの星空が広がっている。

「都内で、こんなに星が見えるなんて信じられない」

「周囲に余計な建物がないせいかな。わりといい眺めだろう」

鬱蒼《うっそう》と茂る森に囲まれた広大な敷地の中、本格的な英国式庭園と池とが一望できる本館の最上階に、代々の当主夫婦にのみ使用を許された主寝室がある。

屋敷を継いでから、理人はこの寝室をひとりで使っていた。そのせいか、あちらこちらに理人の息吹のようなものが息づいていた。

長年使いこまれてきた天鵞絨《ビロード》張りの安楽椅子、小さなテーブルに置かれた金茶色の古時計に、執事を呼ぶための呼び鈴。

初めて見る室内を興味深そうに見回して、詩寿は感嘆の吐息を紡ぐ。

「この欄間《らんま》の龍の彫刻……まるで、本物みたい」

部屋の探検というより、美術館にいるような気分だ。見応えのある品々が揃《そろ》っていて、詩寿ははしゃがずにはいられない。

美術の成績は惨憺《さんたん》たるものだったが、綺麗なものを見るのは大好きだ。そしてこの屋敷には、芸術的な品々がいっぱいある。

「龍は龍城家の守り神だからな。当主の寝室には欠かせない」

「基本的に洋風な造りなのに、欄間があったり障子《しょうじ》があったり……でも、なんだか過ごしやすそうです」

「最初は完全な洋風建築だったらしいが、代々の当主が趣味で手直しさせてきたらしい。完全な洋風の生活スタイルは、きっと性《しょう》に合わなかったんだろう」

一通り詩寿が見終わったのを見計らって、理人が詩寿を手招きした。

ベッドに詩寿を座らせ、その前に立った理人が懐《ふところ》から小さな箱を取り出す。

漆《うるし》塗りの小箱に鶴の模様を螺鈿《らでん》で施した、それだけでも芸術品のようなジュエリーケースだ。

理人がケースを開くと内側はなめらかな布が貼ってあって、中の品物が傷つかないようになっている。

「これを」

理人が低い声でそう言いながら取り出したのは、大きなダイヤモンドの指輪だ。

ケースから取り出され、ダイヤモンドが部屋の明かりを受けて、呼吸をするようにきらきら煌《きら》めく。

一見シンプルに見えるプラチナ台はこまかな花の紋様が彫りこまれて、とても豪華で、それでいて可憐《かれん》な印象を与える指輪だった。

「指輪……？」

「ああ。曾祖父が結婚したとき、妻のために特別注文した品だ。リフォームしてサイズもお前に合わせた」

「いつの間に」

詩寿がびっくりしているのを見ながら、理人は指輪を手に、詩寿の前に優雅に跪《ひざまず》いた。

「理人さん？」

「俺は、お前にこの指輪を贈る」

それがプロポーズを意味するのだとわかって、詩寿は全身を緊張させた。

理人が詩寿の眼を見つめたまま、ダイヤモンドにそっとキスをする。どこまでも紳士的で、それでいて真剣な表情だった。

「いやなら受け取らなければいい。だが受け取ったら、その瞬間からお前は俺のものだ」

拒否権を与えられるとは思わなかった。

詩寿は困惑して、目を瞬《またた》かせる。

理人は跪いたまま、一瞬も詩寿から目をそらさない。

その潔《いさぎよ》さと強さは、帝王たる理人が生まれながらに持つ資質なのだろう。

この世のすべてのものを望めば手に入れられるであろう理人が今、詩寿の前に膝をついている。

詩寿の胸がきゅんと締めつけられ、あり得ないくらい鼓動が強く激しくて、息が苦しい。

「……もし、私がお断りしたら」

「別に、『アリエス』に嫌がらせをしたりはしない」

「本当ですか？」

「約束する。心配しなくていい」

それなら詩寿は自由に、自分の意思で結婚をどうするか決めることができる。

まさか、こんなふうに詩寿の意思を尊重してもらえるとは思っていなかったから、そのことがとても嬉《うれ》しい。

深く息を吸いこみ、高鳴る鼓動を少しでも落ち着かせようとする。どきどきしすぎて、こめかみが痛い。

これからの人生を決める、重大な決断をするのだ。

緊張して指先がこまかく震えるけれど、それも当たり前だと思う。

言うべき言葉が見つからなくて、詩寿は、膝の上に置かれた理人の手にそっと、自分の手を重ねた。

言葉にならない返答に、理人も無言のまま、詩寿の左手の甲に唇を押し当てた。

ゆっくりと、指輪が薬指に嵌《は》められる。

白く華奢《きゃしゃ》な手を、ダイヤモンドの輝きが飾る。

詩寿の左手を眺め、理人が満足そうに頷いた。

「これでお前は、俺のものだ」


キスが、延々続いた。

理人が詩寿の唇を片時も離そうとしないので、懸命に息継ぎをしながら、それでも詩寿もキスをやめてほしいとは思わなかった。

猫が喉を撫でられるように、小さな舌を舐《な》められる。

唇同士を擦り合わされると、脳髄まで蕩《とろ》けてしまいそうなくらいの官能に胸が震える。

優しいキスと濃厚なキスとを交互に繰り返しながら理人は、お互いの素肌を剥《む》き出しにする。

一糸もまとわない生まれたままの姿での触れ合いは、頭が沸騰しそうなほど恥ずかしい。

「電気、消して……」

詩寿が必死に囁くと、理人がわずかに不満げな顔をした。

「なぜだ？」

「恥ずかしいからです」

「消しても無意味だと思うが、お前がそうしてほしいなら消そう」

そうして電気は消えたものの、大きな窓から月明かりが照らして真っ暗にはならない。

「今夜は満月だ」

少し陰影がついて浮かび上がる理人の裸体は、明るいところで見るより淫猥《いんわい》だった。

「カーテンは」

「閉めない」

きっぱりと宣言されて、せめてもの抵抗に、両手で胸を覆《おお》い隠す。左手で、ダイヤモンドがきらりと光る。

詩寿が身に着けているのは、婚約指輪ひとつだけ。

どうしよう。

どうしたらいいんだろう。

何に困っているのかもわからなくて、泣きたいような恥ずかしいような複雑な気持ちを持て余す。

目の前に迫る理人の身体のくっきりとしたラインを、月光が彩っていた。

やや乱れた髪も、詩寿だけを見つめる強い眼差《まなざ》しも、とても綺麗で——でも直視する勇気がなくて、恥じらって目を伏せる。

「自分が裸なのも恥ずかしいけど、理人さんの裸が見えちゃうのが、一番困るかも……」

理人が、ふっと微笑した。

見事な長身にふさわしい筋肉で覆われた肉体はずっしりとした張りと重みがあって、成熟した男の自信に溢れている。

「可愛い顔をして何を言い出すのかと思えば……お前、こういうときでもマイペースなんだな」

詩寿の一言一言が、理人のツボに入るらしい。

ベッドが軋《きし》む。素肌を味わうように撫でさすられ、口づけをされ、痕《あと》を残される。

理人がキスした場所から身体全体に得体の知れない疼《うず》きが走って、詩寿の背中にびくびくと、悪寒のような震えが走った。

うなじにも鎖骨にも、左右の胸にも。

赤い鬱血《うっけつ》の痕をあちこちに残され、火を灯《とも》されているような気がするし——蕩けさせられて、あまやかされているような気分でもある。

詩寿は密着した理人の胸に両手を押し当てて、精悍な顔を小首を傾げながら見上げた。

「あの、理人さん」

「なんだ？」

「私も、同じようなことをしたほうがいいんでしょうか？　それとも、おとなしくしていたほうがいいんですか？　こういうとき、どうすれば……？」

今まで異性と抱き合ったことがない初心者丸出しの質問に、理人が思わず目を丸くする。

「面と向かってそういうことを聞かれたのは、さすがに初めてだ」

「すみません、マナーがよくわからなくて」

「……そうか。初めてだったな」

「はい」

「別に、決まりはない。触りたければ触ればいい」

「それなら、髪に触ってもいいですか？」

「もちろん」

理人の触り方は炙《あぶ》られるように熱いけれど心地いいから、詩寿も同じようにしてあげたい。けれどどうしたらいいのかよくわからないから、とりあえず、手近なところにある髪に触ってみることにした。

いつも見上げていただけの黒髪に、そっと指先を絡めて梳く。

艶《つや》やかな感触が気持ち良くて何度も梳いていると、詩寿の胸に唇を滑らせていた理人が満足そうに笑う。

「俺の髪が好きか」

「ええと……何か、間違っていますか？」

「いいや。くすぐったいと思っただけだ。続けろ」

耳の輪郭を指先でたどったり、太い首筋から肩にそっと触れてみたり——経験のない詩寿が遠慮がちに動けていたのは、そこまでだった。

理人が詩寿の腰に手を滑らせ、足の付け根を撫で回しながら、今まで誰も触れたことのない場所に触れる。

はっと息を呑んだ詩寿は、緊張した眼差しをさまよわせた。

理人の目が、まつげが触れ合うほど間近にある。

「痛いか？」

恥丘を大きな手のひらで押すように揉《も》み、秘唇の入り口を優しくくすぐるように刺激する。

そんなところをためらいもなく触られることに驚いて、無意識のうちに詩寿は太股《ふともも》に力をこめ、理人の動きを阻止しようとした。

理人は、無理強いはしない。ゆっくりと根気強く、蕾《つぼみ》を開いていく。

「痛くは、ないです。でも……………変な、感じ」

理人が、慎重に奥へ奥へと指を進めた。

生まれて初めて体内に他人の指が忍びこむ感覚に、詩寿は肩を跳ね上げさせたり、時にいやがり――そのたびに、あまいキスをされてなだめられる。

肌は汗ばんでじんじんと火照り、呼吸は乱れて啜《すす》り泣くように、喘《あえ》ぐように。

大人だけに許された世界へ、ぐいぐいと連れて行かれる。

ある一点を理人の指先がかすめたとき、思わず喉を突いて悲鳴が上がった。

「あ……っ!?」

——今のは、何……!?

びりびりとした快感が頭から足の先まで一瞬にして突き抜けた——こんな感覚は、今まで味わったことがない。まったく未知の、想像もしていなかったような感覚だった。

余韻に、全身がぶるぶると震えている。

「……そこダメ、それ以上触らないで」

理人は頬に艶《あで》やかな笑みを刷《は》いただけで、何も言わなかった。

ぺろりと自分の唇を舐めて、指を蠢《うごめ》かせる。詩寿の下腹部が、びくびくと痙攣《けいれん》した。

「や、やあ……っ！　待って、止まって……！」

黒髪を振り乱して叫《さけ》ぶ。すさまじい快感が全身を暴れ回り、足の爪先がぴんと伸びる。

背骨から溶けてしまいそうな快感に、下肢が熱く濡《ぬ》れた。

荒々しい呼吸をして膝立ちになった理人が、詩寿の真っ白な太股を掴《つか》んで大きく割り開いた。

恥ずかしいくらい充血した秘部を、理人が瞬きすら惜しむように凝視している。

息を切らせて胸を艶めかしく波打たせながら、詩寿は喘いだ。

「見ちゃ、やあ……！　足閉じる、離して……っ」

「だめだ。全部見せろ。お前はもう、俺のものだろう？」

理人の視線の重み、肌の重み、指輪の重み。

そのすべてが、詩寿の下腹部にわだかまる。

これ以上我慢できなくなった理人が、下肢で滾《たぎ》るものを誇示するように片手で軽く扱《しご》いてみせた。

手早く避妊具を装着し、詩寿の腰骨を押し広げるようにして下肢をゆっくりと密着させる。

そのしぐさは、獰猛《どうもう》な獣《けもの》が獲物に牙《きば》を突き立てるときとひどく似ていた。

「あ……っ、や…………！」

詩寿は反射的に、思わず逃げを打つ。

硬く充溢《じゅういつ》したものを擦りつけるように腰を蠢かしながら、理人が詩寿の額に額を押し当てる。

「――できるだけ優しくするが……始めは痛いだろう。我慢しないで、殴るなり蹴《け》るなり、暴れて構わないから」

「え……そんなに、痛いものなんですか……？」

初めて男性に抱かれる女性は誰でも痛みを感じるとは、予備知識で知っているけれど。

思わず不安そうに表情を歪《ゆが》めた詩寿の前髪を、理人の手が梳く。

首を撫でられるのも耳の後ろを擦られるのも、信じられないくらい心地いい。

「そんなに不安がらなくていい。すぐに気持ち良くしてやるから、少しだけ我慢しろ」

理人を見つめ、詩寿はおずおず唇を開いた。

「そんなに痛いなら、心配なので……しがみついていていいですか」

理人が目を瞠《みは》り、それから苦しそうに顔を歪めた。

「俺に？」

はい、と、こっくり頷く。

理人は喉の奥で低く唸《うな》る。

「お前に痛い思いをさせるのは、俺なんだが」

「でも、優しくしてくれるって言いましたから……理人さんを、信じます」

「――――わかった」

理人がそう言って、詩寿の手首を取った。

左薬指を飾る指輪にキスしてから自分の背中に詩寿の腕を回させて、昂《たか》ぶりを侵入させる。

少しずつ少しずつ。

詩寿が痛がらないように、怯えないように。

無意識のうちにベッドの上へ上へと逃げていく身体を、何度も引き戻される。

長い時間をかけてもっとも深いところで繋《つな》がり、小さく揺すり、緩やかに突き上げ――そして、たとえようもない愉悦《ゆえつ》の時が始まる。

「あ、あ、……っ！」

ベッドが大きく軋み、詩寿が目を瞠る。

生まれて初めての強烈な快感に背中を震わせ、悲鳴を上げる。

「理人さん、優しくしてくれるって言った…………！」

「これは充分優しい」

「嘘《うそ》、つき……！」

「嘘じゃないさ。本気になったら、こんなもんじゃない」

試してみるか、とつぶやいた理人が詩寿の細腰を掴み、一気に突き入れた。敏感な蜜壷の中でも一番やわらかい奥を、切っ先でこね回される。

今までとは打って変わった激しい動きに、詩寿は声も出せない。

「あ……！」

指で犯されたときとは別物の快感が突き上げてきて、どうしたらいいのかわからなくて、詩寿は汗に濡れた理人の身体に爪を立ててしがみついた。

「……っ、……っ、……っ！」

快感が、雷のように身体の全細胞の中に響く。

溶けてしまう、蕩けてしまう。

目の端から零れ落ちる涙を、理人の唇が吸い取る。

「……泣くな」

「やあぁ…………っ」

繋がり合った場所からあまい毒に侵されてしまったようで、自分の声とは思えない声が迸《ほとばし》り出るのを止められない。

「あ、や、もういや、理人さん、もうやだ…………っ」

「もうちょっと我慢しろ」

「やだやだ、やあ……！」

一度歯止めを失った理人の蹂躙《じゅうりん》は、長い時間続いた。


翌日ドウオデキムの一族全員に、次期総帥の結婚が正式に決定した旨《むね》が通達された。

【5】


秘書研修が始まって、一ヶ月と少し。

二月も下旬に差しかかり、だいぶ春めいてくる時期だ。

「あ。梅が咲いてる……もう、そんな季節なんですね」

『梅？』

晴れて正式な婚約者となった理人《りひと》の声は、座卓に置いたタブレット越しに聞こえる。

生まれ育った八条《はちじょう》家の詩寿《しず》の部屋で理人の声が聞こえるというのは、慣れていないので変な感じだった。

「ええ。父の自慢の梅林が、お庭にあるんです」

詩寿はタブレットを持って窓際に寄り、夜の庭が見えるように向きを調整してみた。

「あの、ライトアップされたあたり……少し遠いですけど、見えますか？」

『ああ、見える。見事な梅林だな』

この週末、詩寿はひとり、実家の八条邸に戻っている。

詩寿が龍城《りゅうじょう》家に滞在している間も使用人たちは毎日掃除をし、窓を開けて風を通してくれていたらしい。

先ほど久しぶりに詩寿が帰ってきた際には、玄関先まで使用人一同がずらっと並んで迎えてくれた。

「畳の匂いが久しぶりで、ちょっと嬉《うれ》しいです。龍城のおうちには、畳のお部屋がないから」

でも何か変なんですよね、と詩寿は首を傾《かし》げた。

『何が変なんだ？』

タブレットに映る理人は、画面の向こう側から、詩寿の部屋の中を見回すように視線を巡らせた。

『特に異変があるようには見えないが』

「なんだか落ち着かないっていうか、自分のお部屋なのに誰か別の人のお部屋にいるみたいな感じがして」

旅行などで数日家を空けたときは、戻って来ると心底ほっとしてくつろげたはずなのに。

しばらくの間龍城邸にいたから、いつの間にかそちらのほうが安堵するようになってしまったのだろうか。

そう思うとちょっと不思議で、ちょっと切ない。

しみじみした気分を味わっている詩寿と違い、理人は不機嫌さを隠そうとしなかった。

『俺はまだ納得していないぞ。出張に同行しないのは強行軍だからこの際仕方ないが、実家に戻っていいとは言っていない』

機嫌が悪いと言いながらも、理人は詩寿との通話を切ろうとしないで話に付き合ってくれているのが、詩寿には意外だった。

「理人さんって、結構面倒見が良いというか、世話焼きというか。優しいですよね」

その理人は今、太平洋を隔《へだ》てたニューヨークにいる。これから半月以上、彼は殺人的なスケジュールを送る予定である。

今は、宿泊しているウォルドルフ・アストリアホテルから打ち合わせ相手の会社へ移動中だ。日本とはサイズが違う大きな車中で理人は腕組みをして、眉間に深く皺《しわ》を寄せていた。

『世辞を言ってごまかそうとしても無駄《むだ》だ』

「別に、ごまかすつもりじゃないですもん」

詩寿の理人に対する態度はこのところ、ナチュラルに変化してきている。

喋《しゃべ》り方も勤務時間以外は砕けた、他人行儀でない物言いをするようになった。

とはいえ、時折、堅苦しい言葉遣いがひょこっと交じる。

身体の繋《つな》がりを得てだいぶ距離が縮まったものの、まだ恋人たちのぎこちなさが残る。

詩寿が無意識のうちに、婚約指輪を撫《な》でている――大切そうに。

それに気づいた理人は、なんともいえない感情に翻弄《ほんろう》された。

「ずっと眉間の皺がすごいですけど、今回の出張って、そんなにハードなんですか?」

『お気になさらず、八条《はちじょう》さん』

横から画面と会話に入って来たのは、海流《かいる》だ。

今回は定番の助手席ではなく、理人の隣に座っているらしい。

『社長は、婚約したてのフィアンセと離れ離れになったのがおもしろくなくて、拗《す》ねているだけですから』

フライトの間も不機嫌丸出しで、おかげでCAたちが怯《おび》えていたのだ、と海流が暴露する。

『スケジュールも厳しめですし、八条さんを帯同しないと決めたのは社長ご自身だというのにご機嫌斜めで、私としても困っているんですよ』

「ごめんなさい。父が義母の実家に行ってしまって、しばらく家を空けるっていうから……弟はまだ七歳なので、ちょっと心配になっちゃって」

そうなのだ。

詩寿がいない間に、八条邸は夫婦間の溝が深まり、深刻な離婚危機を迎えていた。

夫婦喧嘩で割りを食うのは、いつも子どもだ。

しかも弟の令稀《れいき》はまだ小学校一年生。

いくら頼もしい執事たちが屋敷に住みこみ、優しいメイドたちがそばにいるとしても、家族のいない家にひとりぼっちにしておくのはかわいそうすぎる。

「私も小さいころ、親が揉《も》めているときは悲しくて、ひとりになるのがいやだったから……せめてそばにいようと思って」

詩寿の目の色が沈んだのを察して、優秀な秘書室長がすかさずフォローした。

『こちらのことは私に任せて、八条さんは八条さんのやるべきことに集中してください。結婚式は四月なのですから時間があまりありませんよ』

詩寿は、まじめな表情で頷《うなず》く。

「はい」

花嫁修業のほかに、衣装の仮縫いやブライダルチェック、友人たちへの連絡など、やらなくてはならないことが目白押しだ。

時間がいくらあっても足りない気がする。

「結婚する前って、こんなに忙しいものなんですね。初めて知りました」

『特に女性はそういうものなんでしょうね。ああ社長、そろそろ着きます。ご用意を』

わかった、と理人が頷く。

ニューヨーク勢はそろそろ、戦闘を開始するらしい。

ドゥオデキム・コンツェルンの海外支社の視察だけならともかく、今回は新しい業務提携先の視察と緻密《ちみつ》な打ち合わせを詰める予定になっている。

厄介《やっかい》な相手と交渉を重ねる予定もあり、気分的には殴りこみに近いようだ。

『通信は二十四時間いつでも繋《つな》いでおく。何かあったら、いつでも連絡をよこせ』

「わかりました。理人さんも室長も、お気をつけて」

冷酷な企業戦士の顔つきに戻った理人と通話を切り上げ、詩寿も座卓から立ち上がる。

「姉上、お電話終わりましたか？」

不意に声をかけられて、びっくりして振り返る。

襖《ふすま》を少し開けて、令稀が廊下側から遠慮がちに顔を覗《のぞ》かせていた。

「びっくりした……令稀、帰ってきていたの？」

詩寿が帰宅したときは、令稀は塾に行っていて留守だった。

「はい。姉上は通話中だったので、お邪魔にならないようにと思いまして」

「まあ、そうだったの。お帰りなさい、令稀」

久しぶりに姉と顔を合わせたというのに、通話中であればと控えて待てる礼儀正しい小学一年生。

それが、八条令稀――詩寿の、腹違いの弟である。

詩寿の帰還を喜んで、シェフが得意のプリンタルトを焼いてくれた。ふたりとも夕食は済んでいるが、甘いものは別腹である。

居間の大きなテーブルに移って綺麗《きれい》に切り分けたタルトを前に、詩寿は令稀から、ここ最近の八条家の話を聞いていた。

「それじゃあお義母《かあ》さまはずっと、お父さまの連絡を無視しているの？」

「はい。完全スルーです。お母さまは、僕の連絡には返事をしてくれますけど」

大体のあらましを聞き、詩寿は嘆息した。

七歳の弟に両親の不和の話を聞くのはどうかと思ったが、利発な令稀の話はきちんと順序だっていて、説明もわかりやすい。

それに、もしまた高俊《たかとし》が離婚することになれば、令稀は当事者だ。

以前の詩寿のように、八条家に残るか母親についていくかを選ばなくてはならない。現実から目を背けてばかりもいられないのだ。

タルトを無心に食べながら、令稀は詩寿にぴったりと身を寄せて座っている。

幼稚舎のころは膝の上に座るのが好きだったが、小学校に入学してからはこうして隣に座るほうを好むようになった。

行儀が良くて子どもとは思えないくらいしっかりしている子なのだが、詩寿に対しては昔から、無邪気にあまえてくる。

十八歳年下ということもあって可愛がってきたし、母親はしょっちゅう家出しているので、詩寿に懐くのは当然のなりゆきだった。

「それにしても、お義母さまはよっぽど根が深いお怒りなのね……困ったわね……お父さまがどん底まで落ちこむとなると、フォローが面倒くさいのよね」

「今ももう、慌てふためいていますよ。あんな顔をするくらいなら、最初から浮気しなければいいのにと思います」

「そうよねえ。でもお父さまには、その正論が通じないの」

高俊は子どもを愛して可愛がるタイプではあるが、デートの予定が入ればそれ以外のことはたちまちのうちに頭の中から吹き飛んでしまう。

年齢がもうちょっと上ならともかく、令稀はまだ、しっかりとした保護者が必要な時期だ。

「——私が、家にいられれば良いんだけど」

詩寿は、ちらりと婚約指輪に視線を落とす。

結婚式の予定が差し迫っていることを思うと、現実問題として、しょっちゅう実家に戻っている暇はなさそうだった。

休日ごとに行っているお茶とお花の稽古も、大苦戦中である。

「平日は仕事が終わってからじゃあ、令稀の生活リズムと合わないし……」

詩寿には年の近い異母兄がいたから、両親が不在でも一緒に食事をし、勉強をし、寂しいときは一緒に眠ることができた。

「でも令稀には、私しかいない」

思わず考えていることが声に出てしまっていたらしく、詩寿ははっと口を噤《つぐ》んだ。

この子に、これ以上余計な不安を抱かせたくない。

詩寿の腕にぺったりともたれかかる令稀が、落ち着き払って答える。

「心配しなくて平気ですよ、姉上。もし両親が離婚したら僕は、姉上ご夫婦の養子になります
……と言ったら、迷惑ですか？」

到底七歳とは思えない、しっかりした意見だ。

だが聡明そうな眼差《まなざ》しには、不安そうな光が宿っている。

否《いな》――聡明だからこそ不安なのだろうと、詩寿は思い直した。

令稀は、周囲の事情も大人たちが想像している以上によく理解している。

詩寿も、両親が離婚した時期にはどうしようもないとわかっていつつも悩んだものだ。

令稀に、自分がひとりぼっちだなんて、そんな寂しいことは言わせたくない。

自分の存在が両親にとって足手まといなのだとか邪魔だとか、そんなふうには絶対考えてほしくなかった。

「――迷惑じゃないけど、大騒ぎにはなると思う。特にお父さまがね。絶対に、令稀のことを手放すはずがないわ」

タルトの最後の一口をぱくんと口に運んで、令稀が頷く。

「まあ、そうでしょうね。僕、自慢の息子ですから」

この弟は、マイペースな性格が詩寿とよく似ていた。

※

社長である理人が不在の間も、ドゥオデキム・コンツェルンの本社は相変わらず活気に満ちて忙しかった。

研修中の詩寿も、それは変わらない。

出張先でも理人にチェックをしてもらわないと進まない案件は多いし、その他の報告も欠かすことはできない。

こまめな連絡やタイムスケジュールの日本側からのキープは今回詩寿に一任されているので、通常とは違う作業も多い。

出歩く業務はないが、ニューヨークとの十四時間の時差がなかなかのネックだった。

通信を繋ぎっぱなしにしているせいで、理人と離れている気がしない――というのは嘘《うそ》だ。

実際に触れ合えない距離にいるのは、やはり寂しい。

「……理人さん、早く帰ってこないかなぁ」

そうこう言っているうちに、きっとあっという間に時間は過ぎていくだろう、と詩寿は思う。

定時を少し回ったところで帰宅し、待っていた令稀と夕食を済ませたあと。

「——お嬢さま。よろしいでしょうか」

令稀が眠るまで弟の部屋にいた詩寿は、自室に戻ろうとしたところを執事に呼び止められた。

幅広い板張りの廊下で立ち止まる。

窓の外には、梅の香気が漂う。

「じいや。なあに？」

「お知らせするべきか迷ったのですが、実は昼間に、このようなものが届いておりまして」

「手紙？」

宛先も差出人も書いていない、ごくありふれた茶封筒に、そっけない便箋が折り畳んで入っている。

中身を取り出して詩寿に手渡しながら、執事が答えた。

「脅迫状のようでございます」

「……また？」

八条家も経営者の一族だから、脅迫状を送りつけられるのは珍しいことではなかった。

身代金目当てに誘拐されかけたこともあるし、この手の嫌がらせは数え上げると切りがない。

何気なく便箋の文面に目を通した詩寿の目もとが、少し強張《こわば》った。

『忠告スル。八条詩寿ハ龍城《りゅうじょう》理人トノ結婚ヲ諦メテ、潔《いさぎよ》ク身ヲ退ケ。従ワナケレバ結婚式当日、ドゥオデキム本社ヲ爆破スル』

筆跡を残さないよう、誌面から切り取った文字を切り張りした文面だ。

「――典型的な内容だけど、私が名指しされているのね」

「はい。ご婚約の件は世間にも公表されておりますから、その点では特に不審な点はないのですが」

詩寿も頷く。

「……理人さんと結婚するっていうことは、こういうことも甘受しなくちゃいけないのね」

「旦那さまには、すでにお知らせいたしました」

「何か言っていた？」

「たちの悪いいたずらだろうから、むやみに騒がないように――と」

「うん――そうしてちょうだい」

次の日に、望遠カメラで詩寿の姿を隠し撮りした写真が送りつけられた。詩寿が本社ビルのエントランスにいるときに写したものだ。

本社ビルの周囲は人の行き来も多くて紛れやすい。詩寿も、盗撮されているなんて気づきもしなかった。

その次の日には八条邸の庭に何者かが侵入したらしく、真夜中に防犯ベルがけたたましく鳴り響いた。敷地内にいくつも設置してある防犯カメラには、不審な人物の姿は影も形も映っていなかった。

そして間を空けず――二日後には、明け方に放火騒ぎがあった。

今が盛りの梅林に、枯れ葉や燃えやすいゴミなどを集めて火を点けられたのだ。

詩寿が毎年楽しみにしていた梅林の梅が、半分近く燃え落ちた。

残った梅の木々も放水や煙の影響を受けて、無残なありさまとなり果てた。

セキュリティシステムが即座に対応したおかげで消火は早かったし、幸いなことに誰も怪我をしなかったけれど、燃えさしの中には、詩寿を隠し撮りした写真の焼き増しと見られるものがたくさん交ぜられていた。

駆けつけた警察がその場を捜査し、焼け焦《こ》げた写真の切れ端を証拠の品として押収する。

ただ今回も防犯カメラに映像が残っていないし、犯人を特定することは難しいと言う。

その様子を見守る詩寿も高俊も令稀も、皆一様に言葉を失い、顔を見合わせる。

犯人の剝《む》き出しの悪意に、背筋がぞっと凍りつく思いだった。

※

「室長。ＰＤＦファイルでお返しいただいた電子書類五件、すべて確認いたしました。こちら、関連部署に回しておきます」

ドゥオデキム本社のワークスペースで、詩寿は海流の指示を受けながら、ニューヨークから送られてきた書類の処理をしていた。

こちらは午後二時を回ったところでも、タブレットの向こう、ニューヨークは今現在、真夜中近い。

理人たちも一日の予定を終えて、ほっと一息入れたい頃合いだろう、と詩寿は気を回す。

通信そのものは繫ぎっぱなしでも、特に用件があるとき以外は画面や音声を落とす。

脅迫状が届いたことも放火騒ぎがあったことも――高俊からは、理人に相談するようにと言われたのだけれど――詩寿は、一切口にしなかった。

ただでさえハードな出張をしている理人に、余計な心配をかけたくなかったのだ。

「業務日誌はのちほどお送りします。遅くまですみませんでした。それでは失礼します」

『ああ、お待ちください。社長も八条さんに話があると仰《おつしや》っていたのですが、今は……あれ、

『社長？　どこです？』

理人は部屋のダイニングテーブルに席を占めていた海流が、周囲を見回した。

理人はニューヨークに滞在するときは、ウォルドルフ・アストリアホテルを定宿としている。歴代の大統領が好んで住まい、世界各国の王族が訪れる、アメリカを代表する最高級ホテルである。

ウォルドルフ・アストリアの経営者の一族は古くから龍城家と懇意にしていて、特に年の近い数人は、理人が留学する前からの友人でもあった。

金融に携《たずさ》わる龍城家は、欧米社会の貴族や上流階級に知己《ちき》が多い。

これでもかというほど煌《きら》びやかなインペリアル・スイートの中を海流が歩き回り、バスルームの手前まで行って気づく。

『シャワー中のようです』

「そちらはもう夜ですものね」

ふたりは今回一番手強い相手と交渉した直後で、ついさっき部屋に戻ってきたところらしい。

海流もそろそろ疲れてきているようで、いつもは人前では絶対に緩めないネクタイを少し緩めて、シャツの一番上のボタンも外していた。

『内線を利用すれば、シャワー中でもお話しできますので、繋ぎましょう』

「あ、いえ、シャワーくらいゆっくりどうぞ」

『では、申し訳ありませんが、上がってからご連絡するようにしますから待機していてください。私も、理人さまにそう伝えたら今日はこれで引き揚げますので』

インペリアル・スイートにはスタッフが宿泊するための個室も備えつけられているが、海流は別の部屋を取ってあるそうだ。

仕切られてプライベートが確立されたスタッフルームには、日本からついて行ったSPが交代制で詰めている。

「はい、わかりました。おやすみなさい」

海流の姿が画面から消え、詩寿はふっと吐息を零《こぼ》した。

秘書たちのワークスペースは、いつもどおりの賑《にぎ》やかさだった。

理人と海流が不在でも、海の向こうから仕事の指示が飛んでくる。

向こうは夜、こちらは昼。

「私、理人さんと今、全然時間の流れが違う場所にいるんだなあ……」

ひっきりなしに誰かのタブレットや携帯端末が着信し、社員たちの出入りが激しい。秘書たちが忙しく動き回り、業務をてきぱきとこなしていく。

忙しいほうが余計なことを考えずに済むので、詩寿としてもありがたかった。

寝不足がちな顔をメイクでカバーし、気を引き締めて、努めて仕事に集中しようとしていた。

少しでも気を抜くと、焼け焦げたあの写真が脳裏をちらつくからだ。

あの光景を思い出すと、ぞっとする。

こまかい嫌がらせは毎日のように続いているが、火を点けられたのはさすがに堪《こた》えた。

八条邸は、高俊ができるだけ令稀のそばを離れないようにしているし、警備も人数を増やすことを考えている。

下手《へた》に反応すると、相手を喜ばせるだけだとわかっていても——令稀にもしものことがあったらと思うと、居ても立ってもいられない。

詩寿ひとりでなく家族を巻きこむあたりに、ただならぬ悪意を感じる。向こうは、詩寿が何をされれば一番参るかをよくわかっているのだろう。

警察には相談してあるので、パトロールを強化したり、高俊や執事たちがセキュリティを固めたりはしているけれど、安心はできない。

警察の調べによると相手は防犯システムの内情にかなり精通しているようで、八条邸の防犯カメラは外部からハッキングされて記録を消去された可能性があるという。

毎日あれこれと起きるので、気が休まらない。眠っても悪夢にうなされるし、神経が過敏になっているせいで、かすかな物音でも飛び起きてしまう。

——いつまで続くんだろう。結婚式当日まで、こんな調子なのかな……？

頭が、がんがんする。

指の腹で強く目頭を押さえた詩寿の前に、そっとコーヒーカップが差し出された。

「……どうぞ、八条さん」

飲み物はそれぞれが好きなものを用意しているけれど、蘭々《らら》の淹れるコーヒーは以前海流に教えられたとおり、とても美味しい。

理人の飲むコーヒーも蘭々が担当しているし、詩寿も何度かごちそうになったことがある。ただし蘭々はとても内気で控えめな性格で、顔も長い前髪と眼鏡で隠し、仕事以外の会話を交わした覚えはない。

「一条《いちじょう》さん、ありがとうございます。いただきます」

蘭々が長い前髪を揺らして、詩寿の顔をじっと見つめる。

「大丈夫ですか？　八条さん、なんだかお顔の色が優れないような気がして……」

「一条さん、退いてくださらない？」

圧倒的な存在感で割りこんできたのは、広報室の三条纏莉《さんじょうまつり》だった。

「……はい、三条さま」

存在そのものが華やかな纏莉のことが、蘭々は怖いらしい。怯《おび》えたように視線をそらして、足早に立ち去っていく。

自分のスペースであるデスクへ、逃げ帰るような足取りだった。

纏莉は蘭々のことを気にも留めず、見事にくびれたウエストに手をあてがい、おもむろに詩寿の顔を覗《のぞ》きこんだ。

広報として忙しく飛び回る日々だが、秘書室にわざわざやって来ることは珍しい。

「三条さん、あの……何か？」

「いいえぇ、随分と冴えない顔色をしていると思って、気になって。何か心配事でもおあり？」

それは嘘だ、と詩寿は直感でわかった。

纏莉は、何かを知っている。

周囲が、ただならぬ空気に気づいて少し静かになる。纏莉が理人の花嫁の最有力候補であったことは、本社の人間なら誰でも知っている。

「……ええ、ちょっと。でも大丈夫です。お気遣い、ありがとうございます」

「そう。ならいいわ。でも無理しないほうが良くてよ」

纏莉はそれだけ言うと、くるっと背を向けて去っていってしまった。

ハイヒールを履いているとは思えないスピードで、エレベーターホールへ向かっていく。

「何しに来たんだろう、あの方……」

単純に考えれば、一番疑わしいのが纏莉だ。

詩寿を追い落とせば、彼女が再び、花嫁候補としてトップに躍り出るのだろうから。

でも。

「……ああいう陰湿な真似《まね》は、しないタイプに見えるんだけど……」

どうにも、脅迫状と纏莉のイメージが合わない。

文句があったら直接言ってくる性格をした人が、わざわざあんな手の込んだ真似をするだろうかと考えると、疑問が残る。

しばらく考えこんでいると、今度は理人からの着信があった。

それだけで気持ちがふわっと浮き立って、タブレット画面をタッチする。

「はい、八条です」

『……変わりないか』

シャワーを浴びたばかりの理人はバスローブを無造作に羽織って、髪は濡《ぬ》れたままだった。毛先から、雫がぽたぽたと滴《したた》り落ちている。

詩寿は慌てて、パーテーションで区切られた打ち合わせスペースへ移動する。

「髪を乾かさないと……風邪を引いてしまいますよ」

『あとでやる』

声も態度も一目でわかるほど、理人は機嫌が悪かった。

過去最高の機嫌の悪さと言っていいだろう。

『おい。何か俺に言いたいことはないのか』

「ええと……お仕事お疲れさまです。あまり無理はしないでくださいね」

違う、と言いたげに理人が舌打ちする。

ベッドサイドの時計をちらりと見て、時差を確認する。

『そっちは今、昼過ぎだったな』

画面越しでもびりびりと伝わるくらい、理人の声が怒りを孕《はら》んでいた。

こんな理人を見るのは初めてで、詩寿は圧倒される。

「はい」

『そちらの午後八時に、もう一度連絡を入れる。お前、まだろくに食べていないだろう。やつれた理由を、じっくり聞かせてもらうぞ』

その一言で詩寿は、理人がすべてお見通しだということを悟った。


約束の時間になって、詩寿は自室の座卓の前で頭を抱えた。

ぎりぎりまで仕事に追われていたので、まだ着替えることもできず、スーツ姿のままである。

「笹谷《ささたに》さん経由で伝わってしまいましたか……笹谷さん、仕事熱心な方ですものねえ……私が実家にいるのに、なんだかんだ用事を作って、しょっちゅう顔を見に来てくださるので、ちょっとおかしいなとは思っていたんですけども……」

あれは詩寿の様子を見るためでもあったんだな、と、今さらながらに気づいた。

その龍城邸の勤勉な執事である笹谷が、主人である理人に、すべてを報告済みのようだ。

脅迫状が届いた時点で、なぜ真っ先に知らせなかったんだ、と叱責《しっせき》され、詩寿はしょんぼりと肩を落としていた。

すぐにでも仕事に出られるようスーツに着替えて髪も櫛を通した理人の声は、いつもより低くて重い。

太平洋を隔てているのに、詩寿は、目の前で理人に叱責されているような気持ちだった。

『八条邸が火事になったことも、小さいが記事になっている。お前の父親にも確認を取った』

「お父さまってば〜……黙っててって言ったのに」

高俊は脅迫状騒ぎが持ち上がったころから、出歩くのをぴたっと止めて会社に行くとき以外は八条邸にいる。

妻の円香《まどか》とはまだ揉めたまま、別居状態が続いているのだが、さすがにこんな状況で子どもたちを放っておくことはできなかったのだろう。

こういうときは独立した長兄がいてくれると頼りになるのだが現在とても忙しく、手が空き次第駆けつけてくれる手はずになっている。

『俺としても言いたいことはあるが、それは後回しにする。とりあえず犯人を特定しないと、嫌がらせがますますエスカレートするだけだろう。取り急ぎ、手は打っておいた。そろそろ着くころだ』

「……え!?」

さすがと言おうかなんと言おうか、仕事が速い。

「犯人の手がかり、こちらでは全然掴《つか》めていないんですけど？」

『脅迫状の内容からして、愉快犯の可能性は低い。ストレートに、花嫁候補のうちの誰かの妨害だと考えていいだろう』

理人の花嫁候補は、全部で三十人。

「つまり私を除いても、二十九人いるんですよ？」

『こういう場合、一番怪しいのは纏莉だな。あいつはああいう性格で敵には容赦しないから、疑われやすい』

だが纏莉は犯人ではない、と理人がきっぱり断言した。

詩寿は目を瞠《みは》る。

「どうしてわかるんですか？」

『あいつとは幼なじみなんだ。屋敷が近かったし、親同士の集まりでよく顔を合わせていた。ちまちました嫌がらせをするような性格じゃない』

十二支に君臨する『龍』の性質にもっとも近しいのが、『寅《とら》』かもしれない。

三条家の大人たちは纏莉が理人の妻となることを望んだし、纏莉自身もそれを希望していた。でも——。

「『お前は俺の妹のようなものだ。小さいときから一緒にいすぎて、恋愛感情は持てない』——

そう言って私、見事に振られたの。ひどいと思わない？　さっきだって、理人に頼まれて、わざわざヒツジちゃんの様子を見に行ってあげたのに」

突如《とつじょ》、知らない声が間近なところから聞こえて、詩寿は心底びっくりして畳から飛び上がった。

がたんと、大きな漆《うるし》塗りの座卓が揺れた。

廊下側の襖《ふすま》を開けたところに、いつの間にか纏莉が立っている。

「なっ……え、三条さん⁉」

断りもなしに部屋に入ってきた纏莉は、マニッシュなパンツスーツに身を包んでいた。

詩寿に向かってひらりと手を振り、すすめられもしないのに座卓の向かいに腰を下ろす。

「はあい、ヒツジちゃん。お邪魔しているわよ。案内も乞《こ》わずに失礼。驚かせちゃったかしら？」

纏莉はにこやかな表情を浮かべていたが、その実、目がまったく笑っていない。

にこにこ笑いながら激怒している――器用な怒り方だった。

「びっくりしました。どうして三条さんがここに……？」

纏莉のあとをついてきた執事が、息を切らせながら伝えた。

「申し訳ありません、お嬢さま。こちらのご令嬢が、セキュリティシステムをすべて潜《くぐ》り抜けていらっしゃいまして……お約束のない方は困りますとお引き留めしたのですが」

執事の制止も聞かずに、ここまで入りこんだらしい。

纏莉は悪びれもせず、顎を上げた。

「セキュリティ状況をちょっとテストしてみたかったの。残念ながら、穴だらけね。これじゃあ不法侵入するのは簡単よ」

そう言いながら纏莉は詩寿のタブレットを摘まみ、自分の顔が映るように向きを調整した。

「一般的なシステム全体に言えることだけど、この屋敷、無防備すぎよ。私を足止めもできないんだもの。こんなセキュリティじゃ、理人たちが帰国するまで待てないわ。うかうかしていたら、もっとひどいことになっちゃう」

いまいち状況を飲みこめないでいる詩寿を横目に、纏莉が理人に向かって確認した。

「私に任せてもらえる？　思うようにやっちゃっていいわね？」

厳《いか》めしく腕を組んだ理人が、頷く。

『ああ。任せるから、俺たちが戻るまでよろしく頼む』

その横から、ひょっこり顔を覗《のぞ》かせた海流が言い添えた。

『あまり心配はしていませんが……三条さん、くれぐれも無茶なことはなさいませんように。あなた、時々暴走しますから』

「海流は心配性ね。理人、ヒツジちゃんのことは責任を持って守ってあげるから、任せてちょうだい」

理人が、おもしろくなさそうに詩寿の顔を眺《なが》めた。

『悪いが、俺たちはもう出なくてはいけない。詩寿』

「はい」

『あとのことは纏莉に聞け』

それだけ言って、理人は仕事に向かってしまった。

時ならぬ騒ぎを聞きつけた使用人たちが、詩寿の部屋の前に集まってきている。

纏莉はにっこり笑って、両手を叩《たた》いた。

「今すぐ、屋敷の人間を全員集めてちょうだい。セキュリティシステムの見直しから始めましょう。まずはその前に、私がどうしてここにいるのかを説明しなくてはね？」


それからというもの、驚くような短時間で纏莉は八条家の警備体制を再構築していった。

この手の対処は、スピードが命だというのが纏莉の主張だった。

不審な騒ぎが起きるのは大抵夜のうちだから、警備も今のうちに固めておく必要がある——そう言って、取り急ぎ警備の人員が大幅に増強されることになった。

纏莉の実家、三条家はセキュリティ関連の会社を持っているので、そちらのコネクションで優秀な人材を補強してくれたのだ。

詩寿はこういった方面についてはまったくの門外漢なので、一足先に部屋に戻って来ていた。

纏莉はこれからしばらく八条邸に泊まりこむというので、客人用の部屋を綺麗に整える必要もある。

それには今、文恵《ふみえ》たちが大急ぎで取りかかっていた。

詩寿は部屋着代わりの袷《あわせ》に着替え、紅茶の支度を調える。

「三条さん、手際良かったなあ……てきぱきしていて無駄がなくて、憧れちゃう」

人員確保のほか、早急《さっきゅう》に手を打たなければならないのが警備システムだ。

現在はごく一般的なシステムを使用しているのだが、八条邸用に根本から組み直したほうが確実らしい。

こちらもプロの手を借りて、明日の朝までに改善される手はずになっている。

「広報部の人なのにセキュリティにも詳しいなんて、すごい……まさに才色兼備よね。私もまだまだ勉強が足りないわ」

打ち合わせを終えて、纏莉が戻って来る。

「今日やるべきことは終わらせたわ。この屋敷の人たち、話が早くて助かっちゃう」

詩寿は、用意していたスイーツ類をすすめた。

「ありがとうございます。お茶でもいかがですか？　夜は、まだまだ冷えますから」

「あら、ありがと。ちょうど喉が渇いていたのよ」

真夜中のお茶会が始まり、纏莉は嬉《うれ》しそうにミルクティーのカップを持ち上げた。時間が時間なので、お茶菓子はクッキーなどの軽いものが数種類並ぶ程度だ。

纏莉は、少し不思議そうな顔をして首をひねった。

「私が甘党だって、あなたに言ったことあったかしら？」

いいえ、と詩寿は首を横に振る。

纏莉に付き合って、詩寿もお茶だ。

お酒もあまいものも両方好きなので、合わせるのはちっとも苦にならない。

「見た目のせいかしら、私、酒豪だって間違われることが多いの。こういうときも、真っ先にお酒が出てくることのほうが多いのに」

「研修が始まってから、本社社員全員の履歴書をチェックしました。三条さんは、軽度のアルコールアレルギーがおありだと書いてあったのを覚えていましたので」

「……まさか、全員分のデータを覚えているっていうの？」

「一応は。他の会社も、ドウオデキムの方々のぶんだけは」

一瞬絶句した纏莉が、しみじみと詩寿の顔を眺めた。

「ふうん」

詩寿は、どうして纏莉が協力してくれるのかと尋ねてみる。

いくら理人に頼まれたといっても、纏莉がここまでやる必要はないのだ。

返ってきた答えは、シンプルだった。

「怒っているからよ」

脅迫状の中身からして、纏莉に疑いが向くことは、関係者なら相応のなりゆきだった――纏莉は理人と結婚したいと、常々公言して憚《はばか》らなかったからだ。

事件はすでに、単なる嫉妬では済まない域に達している。

もし詩寿たちが纏莉を疑ってなんらかの行動を起こしていれば――あるいは、警察による事情聴取を受けていたりしたら、纏莉も『嫉妬に狂った、何をしでかすかわからない女性』として、相応のダメージを被ったことだろう。

纏莉には、それが何より許せない。

だん、と拳《こぶし》を座卓に打ちつける。

「私はね、私が疑われたことがとにかく許せないの！　あんな脅迫状を送りつけたら、真っ先に疑われるのは私よ。そうしている自覚はあるわ。私、敵を作りやすいタイプだし」

でもね、と纏莉の勢いは止まらない。

脅迫状は、纏莉のプライドをも傷つけたのだ。

「私、こんな姑息《こそく》な手段は使わないわ。敵は自力で叩《たた》き潰してこそよ。こんな趣味の悪い嫌がらせで時間を潰すほど暇人でもないわ！　あの脅迫状は、あなたを脅《おど》し、私を陥《おとしい》れようとした。許せない！　絶対、犯人を引きずり出すわよ！」

はい、と頷いた詩寿は、座布団から降りて畳の上に指をつくと、深々と頭を下げた。

「ご協力いただき、本当にありがとうございます。この御恩は、必ずお返しします」

「……そんなに簡単に人を信じちゃっていいのかしら、ヒツジちゃん」

纏莉がすべての表情を消し、冷ややかに詩寿を見下ろした。

「私がもし真犯人で、理人に協力するふりをしてこの屋敷に潜りこんだって言ったら——あなた、どうするつもり？　私、今夜のことでこの屋敷の内部どころか、セキュリティ状況だって知り尽くしたわよ？」

沈黙が落ちる。

纏莉の寅のような眼が、詩寿を試すように妖《あや》しく煌めく。

詩寿はじっくり自分の中で考えてから、答えを出した。

「三条さんのことを信用していますので、疑う必要はないと思っています」

「理人が私を信頼しているから？　世間知らずのお人よしだこと」

「いいえ」

ふるふる、と詩寿は頭を振る。

「わざわざお越しくださったときには驚きましたけど……理人さんに言われたからじゃありません。私は自分の目で見て、三条さんが信頼できる方だと判断しました。だから」

顔を上げて、まっすぐに纏莉と視線をぶつけるのは勇気が必要だった。

纏莉を信じるには、まだ知り合うための時間が少なすぎる。裏切られたらと思うと、とても怖い。

でもこの状況下で、迷っている暇はなかった。

「私は、三条さんを信じると決めました」

しばらくの間、纏莉は詩寿の顔を見つめていて、それから肩を揺らして笑い出した。

「見た目よりずっと肝《きも》が据わっていて冷静、それでいて天然。聞いていたとおり。可愛いわねえ、ヒツジちゃん。理人が気に入るわけだわ」

「は……？」

とても真剣な会話をしていたのに、唐突に笑い出されて、詩寿が戸惑う。

纏莉はご機嫌な様子で微笑《ほほえ》む。

「大丈夫よ、理人たちにも頼まれたもの。私がヒツジちゃんを守ってあげるから、どんと頼っていらっしゃい」

【6】


出張中であっても、理人《りひと》の朝の過ごし方はそう変わらない。

熱めのシャワーを浴びて身体を目覚めさせたあと、コーヒーを飲みながら新聞数紙に目を通し、朝食はしっかりと摂る。

ここ、ニューヨークに滞在している間は、出勤前のひととき——身支度を整えてから出立時間ぎりぎりまで詩寿《しず》と通話し、纏莉《まつり》からの報告を受けるのもルーティンになっていた。

理人の朝食が終わらないうちに、海流《かいる》も合流する。

セキュリティ強化の効果が出たのか、それとも相手が飽《あ》きでもしたのか、連日続いていた嫌がらせはとりあえず一段落《いちだんらく》したらしい。

画面越しに見る詩寿の表情が日に日に明るくなっていく様子に、理人は安堵していた。それと同時に、見過ごせない大問題も勃発している。

理人は恒例となった朝の通話を切り上げたあと、頬をかすかに引き攣《つ》らせた。

手にしていたコーヒーカップを置き、いらいらと指先でテーブルを叩《たた》く。理人が苛立《いらだ》っているときの癖だ。

　おかしくてたまらないといった様子の海流が片手で口もとを押さえ、笑いそうになるのを必死にこらえていた。

「――気になりますか」

　応じる理人の声音は、とても渋い。

「当たり前だ……ちょっと目を離した隙に、なんであんなに打ち解けているんだ」

　理人が怒っているのは、詩寿と纏莉がとても仲良くなったのを目の当たりにしたせいだ。

　纏莉が詩寿の実家に居座り、一緒に出勤しているのが気に入らない。

　大事な婚約者が危険な目に遭っているというのに、こちらは遠く離れたニューヨークで気を揉《も》んでいるしかないと思うと、余計に腹が立った。

「確かに纏莉には詩寿の面倒を見るよう頼んだが、泊まりこんでべったり張りつけとまでは言わなかったぞ」

　しかも詩寿が、纏莉にすっかり懐いて全面の信頼を寄せている。

　理人は、自分がかなり狭量な男だったことに気づいて愕然《がくぜん》としていた。

「でも、そのほうが安全なのではありませんか？　一番心配なのは、八条さんがひとりになることですし」

　詩寿は一本背負いに関してはかなりの腕前だが、あとの護身術は頼りない。

その点、纏莉は格闘術の実力が黒帯レベルで、実戦経験も積んでいる。

セキュリティシステムにプロ並みの知識があるし、攻撃される前に先手を打つ、理人の同類でもある。

「龍城家のSPは男性ばかりなので、四六時中張りつくわけにもいきませんからね」

確かにその点では、同性である纏莉のほうが望ましいのだろう。

日中も同じ本社ビルにいれば動向はそこそこ把握できるし、必要であればこっそり詩寿の持ち物にGPSの類《たぐい》を忍ばせることも、実は検討している。

たぶん詩寿がいやがるだろうし、強制はできないのだけれど。

理人の指示で、纏莉は詩寿のために打てるだけの手をすべて打つべく、準備万端揃《そろ》えている。

「早く帰国できればいいんだがな」

「そろそろ、片をつけたいところですねえ……このままでは埒《らち》が明きません」

今回の出張はてこずる問題ばかりが山積みで、さしもの理人をもってしても、なかなか話がまとまらずにいた。

そもそも交渉相手がニューヨーク支社のエグゼクティブたちでも太刀《たち》打ちできないくせ者揃いなので、わざわざ理人が出向く羽目になったのだ。

この話をまとめない限り、理人は大手を振って日本に帰ることができない。

ドゥオデキム・コンツェルン次期総帥とその秘書は、顔を見合わせて頷《うなず》いた。

海流が、端整な横顔に静かに微笑を浮かべる。

「ちょっとぐらいの強引な手段は、仕方ないですよね。相手がまともに話を聞きやしないんですから」

愛用するダークネイビーのスーツの中でも、もっとも格式の高いミッドナイトブルーのジャケットを羽織り直した理人は、海流に応えるように不敵な表情を浮かべた。

「ああ。遠慮なく、強行突破するとしよう」

※

数日後、詩寿はフライトを終えたばかりの理人に抱き締められていた。

「理人さん……人前、人前です！　ここ空港！」

全身で抵抗しても、理人は詩寿を腕の中に閉じこめて何も言わない。

詩寿が暴れるのも無理はなかった――何しろここは、羽田《はねだ》にある東京国際空港のエリア内なのだから。

「理人さんってば、ちょっと……！」

理人がようやくのことで帰国したのはつい先ほどのこと。

日本時間では、金曜日の夜だ。

仕事帰りに、詩寿は送迎用の専用ラウンジまで出迎えに来た。

ところが顔を合わせるなり、情熱的に抱擁され、気恥ずかしいやら人目が気になるやらで、わたわたと慌てふためく。

ファーストクラスの専用ラウンジなら詩寿も利用したことがあるが、ここはさらにスペシャルクラスの乗客のみが使用できる個別ラウンジのようだ。

「まあ、少しの間はおとなしくして差し上げてください。だいぶ我慢なさっていたんですから。ラウンジスタッフも人払いしてありますし、どうぞごゆっくり」

理人の傍《かたわ》らで纏莉にお土産を手渡していた海流が、やわらかな物腰で取りなす。

「だって……！」

限られた人間しか立ち入ることができない貸しきりのラウンジでも、仮に今現在詩寿たち四人以外誰もいないとしても、ここは外だ。公共の場だ。

そう言って、真っ赤になって慌てているのは詩寿だけだった。

「我々のことならお気遣いなく。しばらくは見ないふりをして差し上げますよ」

「海流。私、少し外が見たいわ。展望デッキに行かない？」

「いいですね。お供しましょう」

海流と纏莉がさっさと姿を消しても、理人はまだ無言だった。

問答無用で理人の肩に顔を埋めさせられていた詩寿が、ぷはっと息継ぎしながら顔を上げる。

「……お帰りなさい、理人さん」

ただいまの挨拶《あいさつ》の代わりにぎゅうぎゅうと苦しいくらいに抱きすくめられて、仰《の》け反《ぞ》る。

「背骨が折れるー……」

「黙ってろ。俺は怒っている」

「なんでですか？　理人さんが出張の間もちゃんとお仕事していたし、花嫁修業だってしていたし、怒られるようなことはしてないのに」

ほんの少しだけ力を抜いた理人が、詩寿の顔をまつげがぶつかるほど近くから睨《にら》んだ。

「脅迫状騒ぎのことを、俺に言わなかった」

「それは、心配かけたくなかったから……」

「言ったはずだ。何かあったらすぐに言えと。放火されたことが記事になるまで、お前は俺に何も言わなかった。なんのために、二十四時間いつでも連絡できるよう回線を繋《つな》いだと思っているんだ？　ん？」

理人の怒りは、相当に根深そうだ。

「ええと、それは……あの」

「言い訳があるなら聞いてやる。俺を納得させることができるものならな」

詩寿はもじもじしながら、両手の指を絡み合わせた。

へろ、と力なく微笑《ほほえ》む。

「わ、忘れていました、というのはどうでしょう……」

絶望的に下手《へた》な嘘《うそ》のつき方と、凶悪なくらい愛らしい、無自覚の上目遣い。

「だめ……？」

ただでさえか細くなっていた理人の理性の糸が、ぷつんと音を立てて切れた。


龍城邸に着くまで待てないと、詩寿は空港エリア内、ＶＩＰ専用ホテルのスイートに放りこまれた。

バスルームで、ふたりの影が絡み合い、もつれ合う。

「理人さん、待って……！　だめ……！」

「だめじゃない」

スーツもネクタイも、脱ぎ捨てた衣服はすべてラバトリーの床に散らばっている。

詩寿のスーツも同様に、理人の手で引き剥《は》がされて放置された。

古き良き時代をそのまま残したような龍城邸と違い、このホテルは現代的なインテリアがメインのようだ。

バスルームは本物の熱帯植物で飾り立てられていて、真っ白なバスタブとのコントラストが目に美しい。

半分ほどお湯を張った、ダブルベッドより一回りも二回りも大きなバスタブの中で。

理人は詩寿の奥に肉塊を突き入れて、小刻みに揺らす。

「ひ…………っ」

前は挿入までの前戯をたっぷりと楽しんでいた理人が、今日ばかりは余裕を見せない。

かろうじて避妊具だけは装着した昂《たか》ぶりに、ぐぷぐぷと、真下から意地悪く突き上げられる。

理人の膝に乗せられた詩寿は、ふるふると首を振りながら悲鳴を上げた。

「あ、や……！　やだ、やめて！」

「やめない。これは仕置きだからな」

バスタブの縁に手をついて逃げようとすると、突き上げが一層激しくなった。

理人が動くたびに、お湯が波打って水音が立つ。

それがお湯の音なのか、それとも結合部から漏《も》れ出る耳を塞《ふさ》ぎたいほどいやらしい音なのか、もはや判断がつかない。

太股《ふともも》がぶるぶる震え、喉がひくつく。

バスルームは物音が反響して、淫《みだ》らなことをしているのだと、いやでも認識させられる。聴覚でも淫猥《いんわい》ないたずらを仕掛けられているようなものだった。

暑い。

暑くて熱くてたまらない。

膝をがっちり押さえられ、剛直にぐりぐりと責め上げられて、詩寿はあっという間に絶頂を迎える。

「や、やぁ、やぁぁ！」

ふわっと意識が途切れて、ぜいぜいと荒い呼吸を繰り返す。

喘《あえ》ぎすぎて酸欠状態で、頭がくらくらする。

一瞬だけ理人が動きを止め、詩寿の引き攣るような呼吸が落ち着くのを待った。

そしてすぐに、抜き差しが再開される。

お湯の中で、あまだるく痺《しび》れた身体の最奥を抉《えぐ》られ、感じやすい場所をこれでもかと貪《むさぼ》られる。

激しくて、暴力的な愛撫《あいぶ》だった。

少なくとも詩寿は理人に今まで、こんなふうに手荒な真似《まね》をされたことはない。達したばかりの身体には、理人の動きすべてが凶器のようで怖かった。

見開いた目の端から、涙が伝い落ちる。

お湯の跳ねる音、肉を打つ音が脳髄にまで届いて詩寿を犯す。

「も、いやあ……っ」

愛されているというよりは、乱暴に快感を引きずり出されているのに、それでも身体が浅ましいくらい敏感に反応してしまうことに、詩寿は傷つく。

「禁欲生活を送っていたからな。しばらくは終わらせない。覚悟しておけ」

「待って、待って……」

理人の首にしがみつき、詩寿はすんすんと鼻を鳴らした。

唐突な絶頂の余韻《よいん》で、震えと涙が止まらない。泣きたくないのに声に涙が混じる。

理人から間断なく送りこまれる快感が肌の下をくまなく暴れ回る。

でも、いやだった。

いくら気持ち良くても、こんなふうに無理やり抱かれるのはいやだ。

「こんなのは、ひどすぎます……」

好きな人に抱かれていても、嬉しくない。

むしろ——とても、悲しい。

何度絶頂を極めたとしても、初めてのときのような、心から満たされた幸福な気持ちには絶対なれないだろう。

理人の腕の中で、詩寿は自然と身体を丸めていた。

「ふ、う……っ」

華奢《きゃしゃ》な肢体をさらに小さく縮めて、震える。

理人のたくましい胸筋に両手をついて、精一杯距離を取ろうとする。

ぼたぼたと大粒の涙が頬から零《こぼ》れ落ちて、お湯の中に消えていった。

「……おい、詩寿」

しゃくり上げて、絞り出すように訴える。

「――ごめんなさい。理人さんがどうして怒っているのか、わからない……っ」

迷惑をかけたとは思っている。

心配させたこともわかっている。

でもそれは通話できちんと謝ったし、理人も理解してくれていると思っていた。不機嫌そうではあっても、こんなに怒っているとは思っていなかった。

「やだ、こんなのはやだ……！」

仕方なさそうにため息をついた理人が、楔《くさび》を詩寿の中からそっと抜いた。

詩寿はそのことにさえ気づかず、大きく肩を上下させてしゃくり上げる。

「理人さんが三条《さんじょう》さんを呼んでくれたこと、とても嬉しかったのに――だからお迎えに行って、ちゃんとお礼を言いたかったのに。怒っているなら理由を言って。言わないでわかれというのは、理不尽です。言葉があるんだから」

はあはあと肩を喘がせながら、詩寿は怒っていた。

こんなふうに理不尽に責められる覚えはないのだ。

すぐに脅迫状のことを言わなかったのは、自分でなんとかしようと思っていたから。

ただでさえ多忙を極める理人に、あまえてはいけないと思ったからだ。

その強情さは、せっかく鎮まりかけていた理人の怒りに、油を注ぐ結果となってしまった。

「強情な……俺が何に腹を立てているか、まだわからないのか」

「嫌い。理人さんなんて、大嫌い！　こんなひどいことをするなら、私……結婚、お断りします。婚約指輪、返す……！」

その瞬間、理人を包む空気が、びりっと凍りついた。

今までの怒りの中にあった、どこかじゃれ合うような空気が霧散する。

代わりに、理人の双眸《そうぼう》がぎらりと冷徹な光を放つ。

「――嫌いで結構。今さらなんと言おうと、お前はもう俺の婚約者だ。逃がすものか」

身の内から新たな怒りと凶悪な欲望が湧き上がってきて、抑えきれない。

理人は、冷ややかな声音で宣言した。

「俺を本気で怒らせたからには、覚悟はできているんだろうな？　前言撤回するまで、容赦しないからな」

怒張が、秘めた内部へと荒々しく挿入される。そして始まる、力任せの嵐のような愛撫。

詩寿は目の回るような激しさに、絶叫した。

「いや、いや、いやあああ……っ！」

泣き叫《さけ》んだせいで声が嗄《か》れている詩寿の片足を肩に担《かつ》ぎ上げて、理人が大胆に腰を打ちつける。

大理石のテーブルが壊れそうなほど揺れ、秘部を絶え間なしに打ちつける音も混じって、静謐《せいひつ》なスイートのリビングに剣呑《けんのん》な空気が満ちる。

バスルームを出て、ベッドルームにたどり着くこともできず——開放的なリビングのライトが煌々《こうこう》と照らすテーブルの上に載せられて犯される。

その前は廊下で壁に身体を押しつけられて貫かれ、詩寿はずっと泣いていた。

キスはしてもらえない。

なぜなら、理人が怒っているからだ。

見覚えのないソファやテーブルが並ぶ空間で、ふたりとも全裸のまま、淫らに交わり続けるのは神経が焼き切れてしまいそうなくらい煽情《せんじょう》的だった。

まともに立っていられず、這《は》って逃げようとすると許さずに引き戻される。

どんなに泣いても暴れても、腕力で詩寿は理人に勝つことはできない。

想像したこともなかったような淫らな体位を取らされ、間断なく責められ続けて、詩寿の意識はもはや朦朧《もうろう》としていた。

「どうだ？　そろそろ撤回するか？」

理人のものが詩寿の奥深く、限界まで入りこんでいる。

理人の大きな手が、繋がり合ったちょうどその場所を、肌の上からも押さえた。

「しな、い………っ」

「その強情が、いつまでもつかな」

素肌の上からと深奥からと、前後から同時に揺さぶられる。

ダイレクトに快感を刺激され、与えられる悦楽の海で深く溺《おぼ》れる。

いやらしく身悶《みもだ》えすることしかできない、いやらしい生き物に堕《お》とされてしまったような気がして――それが、ひどく悲しい。

欲望を満たしているだけで、愛されてはいないことが肌でわかって――とても、とても寂しい。

それなのに理人は、強引に詩寿に愉悦を叩きこんでくるのだ。

両手を高く掴《つか》み上げられ、片足を担ぎ上げて強引に穿《うが》たれ、視界が霞む。

息が切れる。もう、涙も出ない。

「う……っ」

下肢の付け根から太股へ、そして足もとへ、体液が流れ落ちる感覚にさえ感じてしまって、羞恥《しゅうち》と恐怖とで混乱する。

もういやだ。

全身がぶるぶると痙攣《けいれん》して、意識がちかちかと点滅する。

たすけて。だれか。

「……そうだ。そうやって、おとなしく抱かれていればいい。そうすれば、優しくしてやる」

理人が何を言っても、耳を熱くさせて通り抜けていくだけで、意味が理解できなかった。

虚《うつ》ろな目をした詩寿は、ぼんやりとした眼差《まなざ》しを宙にさまよわせる。

かくりと首をうなだれさせると、繋がった場所を手荒く翻弄《ほんろう》されながら胸を揉《も》みしだかれて、乾いた目を瞠《みは》る。

「つひ……！」

「だめだ、気を失うな。返事をしろ」

理人が目を眇《すが》め、冷たい表情で詩寿の乳首に歯を当て、手加減なしに吸い上げた。

「あ……っ、や……！」

がくがく震える下肢から、新たな体液がぷしゅ、ぴしゅっと溢れる。

もうだめ。耐えられない。

「もうやだ、やだ……」

息をしても絶頂してしまうのではないかと思うくらい昂ぶらされた身体が、つらかった。

詩寿は喘ぎながら呻《うめ》く。

「ひど、い…………」

「何がひどいものか。どうせ親父殿が決めた結婚だ。いやだろうがなんだろうが、お前には俺の子を産んでもらう……俺以外、誰のことも見えなくなるまで、徹底的に溺れさせてやる。俺なしでは生きていけないようにしてやる……！」

詩寿は泣きながら、最後の力を振り絞って、理人の頬を引っぱたいた。

「理人さんなんて、きらい…………っ」

こんな理人はいやだ。いつもの理人に戻ってほしかった。

怒りにかっと双眸を染め上げた理人が、詩寿の身体にのしかかって囁《ささや》く。

「――避妊具を外そうか。これ以上俺を怒らせるなら、もう一切、手加減しない」

詩寿の身も心も、それが限界。

それきり詩寿は気を失い、理人が呼んでも揺さぶっても、ぐったりとして微動だにしなかった。

【7】

ドゥオデキム・コンツェルンの有能な第一秘書は、このところずっと機嫌が悪い理人《りひと》の前で、これ見よがしにため息をついた。

「帰国早々大喧嘩《げんか》とは、なんとも前途多難ですね」

幼なじみの利点は、こういうときにずけずけとものを申せるところだ。

他の社員たちは理人の不機嫌なオーラに圧倒されてしまっても、海流《かいる》だけは平常を保てる。

「総帥のご指示でスタッフたちが結婚式の準備におおわらわですが、なんだか不安になってきましたよ」

まるきりひとごとのようにさらりと言われ、理人は憮然《ぶぜん》としたまま椅子をくるりと回してデスクから立ち上がった。

南に面した大きな窓から外を眺《なが》め、海流に背を向ける。

詩寿《しず》は研修を終え、ここ最近はワークスペースで事務作業に没頭している。

理人に直接報告するべき用がない限り、社長室に近づこうとしない。

「もう二週間近く、八条《はちじょう》さんと口をきいていないでしょう」

「……仕事の話はしている」

「ええ、不自然に、お互い目も合わせずにね。まあ幸い仕事には影響が出ていないので、私としてもむやみに嘴《くちばし》を挟むつもりはありませんが」

言葉とは裏腹に、海流の表情はかなり不満げだった。

海流は、次期総帥夫婦の晴れがましい結婚式の——ドゥオデキム・コンツェルンが総力を挙げて挑む婚儀のスタッフすべての取りまとめ役でもある。

本来の業務に加えて重大な任務を任され、寝る暇も惜しんで駆けずり回っているというのに、当人たちが仲違いをしていると思うと、嫌味のひとつやふたつやみっつやよっつは言いたくなるというものだ。

「同じ敷地内に寝起きしているというのに顔も合わせず、目も合わせず。仲がよろしくて、大変結構です」

幼なじみの強烈な嫌味に、理人は唇の端を、ひく、と引き攣《つ》らせた。

「俺のせいじゃない」

「どうですかね。私は理人さまのお話をうかがっただけで、八条さんの意見は聞いておりませんので」

あのあとすぐ、理人は意識を取り戻さないままの詩寿を龍城《りゅうじょう》邸まで連れて帰った。

目が覚めるなり、詩寿は頑固にも八条邸に戻ろうとした。

やむなく理人は、詩寿を仕事以外では客室から出さないよう屋敷中の人間に命令した。

その日から、詩寿の無言の抗議が続いているのである。

笹谷《ささたに》はもちろん海流も他の使用人たちも、ひっそり心配しながら様子を見ているしかない。

「コンツェルン挙げての式の準備をしている身としては、できるだけ早いうちに仲直りなさってくださったほうが、精神衛生上助かります。招待状や引き出物の手配などはもう、ほとんど整っているんですからね」

海流は理人がホテルを取れと指示してきたあとは別行動で纏莉《まつり》と過ごしていたから、ことの顛末《てんまつ》を知らなかったのだ。

だが海流は、それ以上意見することはできなかった。

外を睨《にら》みつける理人が、本気で憤《いきどお》っているのを読み取ったせいだ。

不機嫌になることはあっても、理人がここまで怒りを露《あら》わにすることは珍しい。

海流はため息をついて、口を噤《つぐ》んだ。

控えめなノックのあと、社長室の扉が遠慮がちに開かれる。蘭々《らら》が、扉の隙間から顔を覗《のぞ》かせていた。

「失礼します、社長。よろしければ、コーヒーをお持ちいたしましょうか……？」

「いや、いい」

「わかりました。御用の際には、いつでもお申し付けください」

蘭々が扉を閉めてワークスペースに戻ったあと、理人はデスクに戻った。

足を高く組み、苛立《いらだ》ったしぐさで書類を手に取る。

「――例の脅迫状の件だが……進展はあったか？」

「いえ、何も」

海流もいつもの秘書の顔に戻り、冷静に報告書に目を落とした。

ふたりは打ち合わせなしに声をひそめ、早口で囁《ささや》き交わす。

社長室であっても、どこで誰が聞き耳を立てているかわからないから、気を抜くわけにはいかない。

「今のところ何もないので、警察も警戒のしようがないと言っています。結婚式当日まであと少しなので、それまでに捕まえておきたいんですがね」

「纏莉はなんと言っている？」

「あれからも何度か八条邸に行っているようですが、拍子抜けするほど何もない、と」

理人は纏莉を通して八条邸内に盗聴器が仕掛けられたり、もしや使用人たちの中に裏切り者がいたりするのではないかと内々に調査を進めている。

「俺が犯人だったら今のうちに油断させて、当日に行動を起こす。油断しないようにと纏莉に言っておいてくれ」

「はい。伝えておきます」

当人たちが気まずい雰囲気《ふんいき》であっても、結婚式の日取りは待ってくれない。

龍城家の伝統と格式に従い、なおかつ詩寿に一番似合うように仕立てられた花嫁衣装は仮縫いまでもう済んでいる。

招待されたゲストたちからの豪華な祝いの品も続々と届けられ、その応対に、笹谷を始めとする龍城邸の使用人たちはてんやわんやの大忙しだ。

ドゥオデキム一族以外にも政治家や経済界の重鎮が多数列席するので、席次をどうするかの最終的なチェックは総帥が自ら行った。

海外から祝福しにやって来る理人の友人たちを、礼を尽くして歓待する支度もある。

完成した結婚指輪の受け取りやウエディングケーキの試作品のチェック、慌ただしくも華々しいイベントが続き、理人の結婚は各メディアにも大きく取り上げられ、関心を寄せられている。

結婚式には記者やインタビュアーも招待されているし、コンツェルン全体が、いやが上にも大きな盛り上がりを見せていた。

それだけに、不安要素はあらかじめ摘み取っておきたかった。

「犯人の特定に、ここまで時間がかかるとは誤算だったな……」

ただでさえ深い眉間の皺《しわ》をさらに深くして、理人が指先で顎を擦った。

一世一代の日となるであろう吉日を、爆発物などで台無しにされたくないという気持ちくらいは、理人にもある。

「たとえ式を延期したところで、問題を先送りにするだけだ。犯人の要求は、詩寿の辞退の一点のみだからな」

どうしたものか、とさすがの理人も頭を悩ませる。

盗撮に、私有地への不法侵入に、放火。

ただのいたずらと片付けていいレベルの話ではない。

爆発物を本社ビルに送りつけられたことも過去に何度か経験があるだけに、問題は深刻だった。

「万が一本社ビルで爆破騒ぎなどが起こったら、株が大暴落するでしょうね。それを思うと、ぞっとします」

ドゥオデキム・コンツェルンが揺らげばこの国の経済が揺らぎ、最悪、世界を巻きこむ規模のデフレーションを起こしかねないのだ。

「隙をついて同業者たちが何か仕掛けた場合、大不況、世界金融危機的レベルの損害にもなり得ます」

巨大なコンツェルンとして経済界を牛耳《ぎゅうじ》っているぶん、敵は多い。片時も気を抜けないのが、理人の日常だ。

ドゥオデキム・コンツェルンを将来その身に背負って立つ男は、毅然《きぜん》と答えた。

「俺がいる限り、そんなことはさせない──世界恐慌の二の舞になんぞ、なってたまるか」


一方そのころ、詩寿は一階の社員カフェにいた。

仕事の合間を縫って、纏莉に相談に乗ってもらっているところだ。

「──それで十日以上も、ふたりしてギスギスしていたのね。喧嘩しているのは一目瞭然だったけど、事情はようやく理解できたわ」

ため息をついた纏莉の前で、詩寿が小さくなる。

「すみません。なるべく仕事に私情は持ちこまないようにしているつもりだったんですけど……」

「でもまあ、気持ちはわかるわよ」

「え？」

纏莉が、赤いリップを塗った唇を綺麗《きれい》に笑ませた。

「あの人はね、今まで特定の相手を作ったことがないの。意識的に避《さ》けてもきたんでしょうね。だからヒツジちゃん相手に生まれて初めて本気になって、どうしたらいいのかわからなくなっているんだわ、きっと。それで戸惑っているのよ」

詩寿は目を丸くする。

いつも落ち着き払って余裕綽々《しゃくしゃく》な理人が、詩寿に対して戸惑っているというのなら——詩寿としてはちょっぴり誇《ほこ》らしいというか、嬉《うれ》しい驚きだ。

そして、詩寿よりずっと理人との付き合いが長い纏莉に軽く嫉妬する。

「よくわかりますね」

「それはそうよ。私だって一応、あの人の花嫁候補だったのよ？」

「……そういえば、そうでしたね……」

纏莉がきっぱり未練のない態度を取っているから、すっかり失念していた。

「纏莉さんも、理人さんのことが好きだったんですよね」

「それがねえ、わからなくなっちゃったの」

予想外の返事に、詩寿はきょとんとした。

「わからない？　どういう意味ですか？」

ミネラルウォーターのグラスに入っていた氷が溶けて、からんと音を立てる。

午後の五時過ぎ。

お茶をするにはやや遅い時間なので、カフェの入りはまばらだ。

詩寿と纏莉が座るテーブルの周囲には、誰もいない。

纏莉は詩寿をちょっと見てから、指先で詩寿の額をちょんと突く。

「ドゥオデキムに生まれた女の子は誰だって、シンデレラみたいに、王子さまに憧れるわ。それでそのつもりになっていただけで、私、理人に特別な感情は持っていなかったみたい」

纏莉の話はいつもからっとしていて、陰湿さがない。

それが、詩寿と気が合う理由のひとつなのだろう。

「ほかに好きな人ができて、ようやくそのことに気づいたわ。私、理人に恋はしていなかった。でも、ヒツジちゃんは違うでしょ？」

「あの、纏莉さんが好きな人って……？」

その話はまた今度ね、と纏莉は鮮《あざ》やかに躱《かわ》した。

「本気でヒツジちゃんが理人と別れたいなら、協力してあげる。でもその気がないなら、早いうちに仲直りしなさい」

「……はい」

優しく厳しく諭されて、詩寿はくしゃっと顔を歪《ゆが》めた。


このあと会議の予定が入っているという纏莉が立ち去ったあとも、詩寿はしばらくその場に留まっていた。

「仲直り。もう……手遅れかも」

あんなに怒った理人の姿を見たのは初めてで、仲直りのきっかけが掴《つか》めない。

あの一件は、詩寿が怯《おび》えるには充分だった。

理人が怒ったこと、何を怒っているのか詩寿が理解できなかったこと、やめてといくら頼んでも無理強いされたこと、気を失うまで許されなかったこと。

どれが一番つらかったか、詩寿には順位なんてつけられない。

全部だ。

全部がいやで、悲しかった。

そして、それよりももっとひどく詩寿を傷つけた言葉。

『どうせ、親父殿の決めた結婚だ。俺の子を産んでもらう』

——あの日の理人さんは、嫌い。いつもは好きだけど、あのときだけは嫌い……！

思い出すたびに、心の一番やわらかな部分が傷ついて血が流れる。

社会人として表向き平静を装いながら、詩寿の心はいまだに怯えて泣いていた。

「……だって、ひどすぎるわ」

勝手に、理人はわかってくれていると信じていた。

詩寿が同意するまでは避妊すると約束してくれていたし、子どもを得るためだけに結婚するのではないのだと、理人も詩寿と同じ気持ちでいてくれていると信じていたのに。

理人は避妊しないことを、脅《おど》しに使った——これは、絶対に許してはいけないことだ。

でも、怒らせたのは詩寿だ。

だから、どうしたらいいのかわからない。

泣き出してしまいそうになるのをこらえるために、ジャケットのポケットの中に忍ばせた名刺入れを握り締め、きつく唇を噛《か》む。

「——理人さん、私のこと、もう嫌いになっちゃったかなあ……」

このまま結婚したら、今のように冷め切った関係が続くのだろうか。

そう思うだけで、恐ろしさに足が竦《すく》む。

詩寿の心は途方に暮れて、立ち尽くすことしかできなかった。

【8】

仲直りのタイミングを掴《つか》み損ねたまま、とうとう結婚式前日になってしまった。

花冷えというのだろうか、今日は四月頭にしては冷たい風が吹きつけて空もどんよりと曇っている。

詩寿《しず》は婚礼衣装の最終チェックをするため、早朝から結婚式場を訪れていた。

都内でも指折りの結婚式場は、もともと皇族や華族御用達《ごようたし》だった式場で、由緒正しい歴史を誇《ほこ》る。

数年先まで賓客たちの予約がびっしり詰まっているはずなのに、春の良い季節に式の予定をねじこめたのは、総帥の鶴の一声があったからだ。

龍城《りゅうじょう》家は主家も分家もこの式場をひいきにしていて、最高の顧客である。

「さあ、これで最終的なチェックも完成ですわ。お疲れさまでした。明日が楽しみですわね。本当に、おめでとうございます」

着付け専門チーフの女性スタッフが、にこやかに詩寿に声をかける。

「はい――ありがとうございます」

詩寿は、どこか沈んだ表情を出さないよう気をつけながら、ぎこちなくお礼を言った。

真っ正面に、花嫁専用控え室の大きな鏡がある。

そこには、華麗《かれい》な白無垢《むく》に身を包んだ自分の姿があった。

嫁ぎ先である龍城家の印《しるし》、龍の姿を極上の白絹糸で精緻《せいち》に縫い取った、職人の技を尽くした真っ白な大振り袖。

同じく、純白の吉祥《きっしょう》模様を織り出した紅絹裏《もみうら》の打ち掛けは、その名のとおり、裏地が紅色《くれない》でコントラストが鮮《あざ》やかだ。

日本髪ではなく洋風に結って真珠の簪《かんざし》を飾った黒髪を、綿帽子で覆《おお》う。

純粋無垢な花嫁の、穢《けが》れひとつない白無垢姿――そこにわずかに紅色を使ったことで若々しく、華やかな印象になる。

帯にはプラチナ箔の糸をふんだんに用い、半襟や袖のところどころに、縫いつけたメレダイヤがきらきら光る。

会心の出来映えに、チーフが満足そうに吐息を紡いだ。

「とてもよくお似合いです。この婚礼衣装は、花婿さまのお見立てだとか。さすがに、どんなものがお似合いになるかよくご存じですのね」

打ち掛けの裾の広がり方をこまかく整えながら、チーフが続ける。

「わたくし、長いことこのお仕事をしておりますけど。ここまで見事な御衣装は初めて見ましたわ」

詩寿は綿帽子を被った顔を、鏡越しにじっと見つめた。

メイクもプロにしてもらったというのに、顔色が冴《さ》えない。

「緊張なさっておいでですのね。大丈夫、花嫁さまにはよくあることです」

仕事柄、マリッジブルーの女性たちを見慣れているのだろう。

チーフは鏡に映った詩寿を見つめ、年配の女性らしく、やわらかくなだめた。

彼女たちは、詩寿と理人がすれ違っていることなど知らないのだから、それも当然だった。

「当日になれば気も晴れますし、第一、あんな素晴らしい花婿さまなんですもの。きっと幸せにしてくださいますよ。大丈夫です……何も心配はいりません。花嫁さまは、幸せそうに微笑《ほほえ》んでいらっしゃらなくては」

その花婿は、まだ、詩寿の花嫁姿を見ていない。

龍城家のしきたりで、花婿は当日まで花嫁衣装を見てはいけないのだそうだ。

ヨーロッパの風習を祖先が持ちこんだもので、幸せになるジンクス——いわば、おまじないのようなものだ。

龍城家は、結構縁起を担《かつ》ぐ。

「花婿さまのお支度も素敵《すてき》でしたわよ。わたくし、先ほど、ちらっと拝見しましたけど、羽織袴《はかま》が見事にお似合いでしたわ」

それはちょっと見たかった、と詩寿は思う。

詩寿はまだ、理人の和服姿を見たことがない。

「とてもお似合いのご夫婦ですもの。明日はきっと、良い一日になりますわ。お天気もいいようですし」

「……そうなると、いいんですけど」

お色直しをしたあとは色物の打ち掛けを着るが、そちらの調整は先に済ませてある。

目にもあやな支度が整ったところで、親族控え室に来て待っていた高俊《たかとし》がやってきた。

「詩寿ぅ、綺麗《きれい》だよぉぉぉ」

愛娘の晴れ姿を一目見るなり高俊は涙腺が崩壊して、ずっと、おいおい泣いている。

号泣しながら愛用のカメラを構えて、詩寿の写真を撮りまくっていた。

古風な、一眼レフ風のカメラのフラッシュが忙《せわ》しなく点滅する。

小学校の制服姿の令稀《れいき》も、頬を紅潮させて詩寿を見上げていた。

「姉上、本当に綺麗です」

「ありがとう、令稀」

「父上はあんなに泣いていて、明日、大丈夫だと思いますか？」

「うーん……どうかなあ……ちょっと不安」

「詩寿、全体だけじゃなくてその可愛い髪型もネイルも、全部アップで撮っておこう。可愛くて綺麗な、最高の花嫁さんだ～！　パパはもう嬉《うれ》しいやら寂しいやら……あ、令稀も詩寿の隣に立って立って」

明日は高俊は花嫁の父としてやるべきことがあるから、写真を撮っている暇はない。

そのため高俊は龍城家側が雇ったカメラマンのほかに、自分のほうでもカメラマンを手配している。

「記念写真を、いっぱい撮っておこうな！」

令稀がちょっと照れくさそうに詩寿の手を掴《つか》み、レンズに向き合った。

高俊が令稀を連れて、親族控え室に戻る。

詩寿はそろそろ花嫁衣装を脱いで、式の最終打ち合わせに行かなければならない。そこで理人と合流する手はずになっているのだ。

ここへ来るときも同じ車に乗ってきたけれど、お互い押し黙って、一言も口をきかなかった。

「ヒツジちゃん、明日の手鞠風ブーケの最終チェック……あら、まあ」

ぱりっとしたパンツスーツ姿の纏莉《まつり》も、今日は式場内を走り回っている。

詩寿の母親の代わりに花嫁の付き添い役をすることになっているので、もしかしたら詩寿本人よりも忙しいかもしれなかった。

詩寿の母親は後日会いに来てくれる予定になっているが、明日は来ない。

纏莉が詩寿の頭の先から爪先までを一瞥《いちべつ》し、嬉しそうな笑みを浮かべた。

「可愛い花嫁さん。よく似合っているわ」

「どこか、おかしくありませんか？」

「全然。理人の見立てだもの。ヒツジちゃんに似合わないわけがないじゃない。白一色も悪くないけど、赤を入れたことでますます純白が引き立つわね」

纏莉は、詩寿の花嫁衣装選びに理人が奔走したことを知っている。

「ヒツジちゃんに一番似合うものを俺が選ぶって言って、あれこれ注文をつけて、おかげでデザイナーたちは大変だったみたいよ。それに付き合っていた海流《かいる》まで花嫁衣装のことに詳しくなっていて、思わず笑っちゃった。理人ったら、よっぽど楽しみにしていたのね」

ふわ、と詩寿の心が少し軽くなる。

ならばこの姿を見て、理人は喜んでくれるだろうか。

「さあ、あとちょっと頑張ってね。打ち合わせが済んだらおしまいだから。そのあとはゆっくり休まないと、明日に響くわ」

チーフたちの手を借りて、装束をとく。

金襴《きんらん》の真新しい帯は固くて重くて、他人の手を借りないとほどけない。

正絹《しょうけん》の大振り袖も脱いですとんとしたワンピースに着替え、備えつけのドレッサーで髪もほどく。

着替え終わった装束は、スタッフたちが一度持って出て行った。

「あ」

ジャケットの胸ポケットに刺した携帯端末が着信して振動するのに気づいて、纏莉がくるりと踵《きびす》を返す。

「ごめん、ちょっと待ってて」

携帯端末で何か忙しく話しながら纏莉が出て行き、詩寿はひとりきりになった。

さすがに式の前日だけあって、なんとも慌ただしい。

一気に静まり返った控え室で、ドレッサー脇に置いてあった桜茶を手に取る。

すっかり冷めてしまっていたが、独特の桜の香りが漂い、なんとなく好きな味だ。

このあと、理人と顔を合わせたら――まずは花嫁衣装のお礼を言おう、と思う。

今なら、すなおに心の内を打ち明けられそうな気がする。

その瞬間、背後に誰かの気配を感じた。

「誰？　理人さん？」

なんの気なしに振り返ったところで、いきなり誰かに口を塞《ふさ》がれる。つんとした、独特の匂いが鼻を突く。

薬品くさい刺激臭だ。

結婚式場にはあり得ない、独特の匂い。

――……………！

薬品を嗅《か》がされて、気を失った詩寿がぐったりと崩れ落ちる。

二人組の男たちが無言で詩寿を抱え、足早にその場を後にした。


「あら、変ね。ドアが開けっぱなしになってる」

打ち合わせの通話を終えた纏莉は、ちょうど詩寿を迎えに来た理人たちと行き会ったので、そのまま一緒に花嫁控え室に戻ってきた。

「ヒツジちゃん、どこなの？　……お化粧室かしら？」

探してみるが、詩寿はどこにも見当たらない。

華やかなこしらえの花嫁控え室には、誰の姿も見当たらなかった。

「親族控え室に連絡してみましょう。そちらにいるかもしれません」

素早く海流が動くが、高俊のもとにも詩寿はいなかった。

それどころか、少し前から令稀の姿が見えず、迷子にでもなったのかと、建物内を探し回っているところだという。

「――まさか、結婚がいやになって失踪したとかではないでしょうね？　八条さんに限ってそんな無責任なことはないと思いたいですが」

海流が若干の不安を抱きつつそう言うと、怪訝《けげん》そうに部屋の中を見回していた理人の横顔が、はっと強張《こわば》った。

こまごまとした化粧品が並んだ、白いドレッサーのテーブル部分。置いてあったガラス製のティーカップが倒れて、飲み残しの桜茶がソーサーから床まで零《こぼ》れていた。

律儀な詩寿らしくない。

理人の眉間に、ぐっと力が籠もった。

「理人さま？」

「詩寿のハンドバッグはどこだ。今日持ってきていたはずだ」

低い声で唸《うな》るように言いながら、鋭《するど》い目つきで周囲を見回す。

「あったわ。これ？」

纏莉が、コートハンガーの下のバスケットに置いてあった小ぶりのハンドバッグを手渡した。

行きの車の中で、詩寿がこのキャラメルブラウンのハンドバッグを膝に乗せていたので、理人も見覚えがあった。

「外に出るならバッグも持って行くだろう。それに」

外付けのポケットに、詩寿はいつも名刺入れを入れている。

どこへ行くにも欠かさず携帯する宝物が、今、バッグの中に置き去りになっていた。

「おかしい。詩寿がこれを置いていくはずはないんだ」

理人の脳裏に警鐘が鳴る。

これは明らかに異常事態だと、本能的に告げている。

「誰か！　──おい、誰か来てくれ！　詩寿、詩寿！」

廊下から大声が聞こえて、海流が廊下に通じるドアを開けた。

「八条社長？　どうしました？」

青ざめた高俊が、両腕で令稀を抱きかかえて走りこんできた。

令稀は青ざめた顔で目をつぶり、片目に殴られたような痕《あと》がある。

理人は驚愕《きょうがく》して、眦《まなじり》を吊《つ》り上げた。

「一体どうした。何事だ？」

「次期総帥……わからないんです。息子が、駐車場に通じる通路の脇に倒れているのが見えて」

すっかり狼狽《ろうばい》した様子の高俊が、令稀の身体を控え室のソファの上に下ろす。

「令稀、令稀！　しっかりしろ！」

高俊が揺さぶっても、令稀は気絶していて、なんの反応もない。

纏莉が表情を強張らせたまま、携帯端末を取り出した。

「救急車を呼ぶわ」

「その前に、ちょっと失礼」

海流が傍《かたわ》らに膝をつき、令稀の様子をざっと確認した。

「気を失っていますが、呼吸は安定しているみたいですね。頭を打っているかもしれませんから、病院に運んだほうがいいとは思いますが」

目以外は目立った外傷もないことに、とりあえず高俊はほっとする。

そして、あたりを怪訝そうに見回した。

「そういえば、うちの娘はどこにいるんです？」

控え室の中に、沈黙が落ちる。

詩寿の姿が消えて、令稀が殴られ倒れていた——そのふたつから導き出される答えは、ひとつしかない。

海流が、苦々しそうにつぶやいた。

「……やられたようですね。一瞬の隙を突かれました」

「——ごめんなさい。目を離した私のミスだわ」

だん、と鈍い音が響く。

激情を抑えきれなくなった理人が、壁に拳《こぶし》を打ちつけていた。

憤怒《ふんぬ》の形相で、こみ上げる怒りを必死に押さえている。

あまりにすさまじい怒りように、その場にいる全員が固唾を呑《の》んだ。

「……連絡を回して周囲を探せ。時間的に、まだそれほど遠くには行っていないはずだ」

「はい」

有能な秘書室長は、すでに動き始めていた。

携帯端末を片手で操作し、警察のほか、優秀なSPたちにも指示を飛ばす。

「いいですか——次期総帥直々のご命令です。ドゥオデキム・コンツェルンの名誉にかけても、必ず花嫁を捜し出すように！」

にわかに緊迫した控え室のソファの上、横たえられていた令稀の瞼《まぶた》が、ぴくりと反応した。


どれくらい気を失っていたのか、詩寿には見当もつかない。気がついたときには、湿っぽくて薄暗い土蔵のような場所に転がされていた。

日ごろ使われていないのか、土蔵の中はひんやりとしていて寒い。

うっすらと、車に乗せられて移動させられたことは覚えているような気がする。

薬で眠らされていたようだが、心のどこかは覚醒していたのだろうか。

「ここは、どこなの……？」

両手は後ろに回され、やわらかい紐《ひも》のようなもので縛られていた。

手触りからして、腰紐のようだ。控え室に着付け用の紐はたくさんあったから、それを失敬したのかもしれない。

詩寿を攫《さら》ったのは、見知らぬふたりの男――一瞬しか見えなかったけれど、地味な服装と目深にキャップを被っていたことだけは覚えている。

腕が使えないから、もぞもぞと苦労して上半身を起こし、座り直す。

「ようやくお目覚めね。気分はいかが？」

少し離れたところから聞き慣れない声が聞こえて、びくっと震えながら周囲を警戒する。

「誰……っ？」

土蔵には、小さな明かり取りの窓しかない。

目が慣れないうちはあまりよく見えないが、薄暗くて、外がまだ完全に暮れきってはいない時間帯だとわかった。

隅に、木箱や行李《こうり》などが無造作に積み上げられた、あまり広くない土蔵の中。

暗がりに溶けるように壁にもたれて佇《たたず》んでいた女性が、ゆっくりと近づいてくる。

よく見ようとして一所懸命目を凝らした詩寿は、次の瞬間、驚愕に目を瞠《みは》った。

ワークスペースにいるときの、おとなしそうな格好とはまるで様子が違っているけれど。

「一条《いちじょう》さん……!?」

「あなたを攫ってくるよう前から頼んでいたのに、なかなかうまくいかなくて。まったく、その手のプロだかなんだか知らないけど、一ヶ月近くもかかるなんて手際が悪すぎるわ。そうは思わない？」

一条蘭々《らら》はいつも下ろしている前髪を上げ、普段よりずっと派手に化粧をしていた。着ているものも過剰なくらい華やかで、ワークスペースでおどおどと控えめに振る舞っているときのような地味さ、謙虚さはかけらもない。

「まあ、リミットの前日に誘拐してこられたから、結果的に良しとしましょうか……どう？私、普段と全然違うでしょう？」

蘭々が歌うように言いながら、詩寿の目の前で立ち止まる。

頭の中で必死に事情を整理していた詩寿は、冷たい床に座りこんだまま、曖昧《あいまい》に頷《うなず》いた。

「……一瞬、誰だかわかりませんでした。脅迫状の犯人は、あなただったんですね……？」

本当に、別人のようだ、と詩寿は声を震わせる。

コーヒーを運んで来るときの自信のなさそうな、かき消えてしまいそうな声は跡形もなく、艶《つや》のある低めの声は毒々しささえ感じる。

「そうよ。正確には私の父だけど。秘書室の一条蘭々はね、作り物なの。こっちが本当の私」

蘭々は、驕慢《きょうまん》なくらい堂々とした笑顔を浮かべていた。

香水が強く香る。

地味な服装で隠していた本性は、かなり気の強い女性のようだ。

「私ね、理人さまの妻になるために育てられたの——いえ、生み出されたの。次期総帥となる理人さまが生まれたときから。父は自分の娘を嫁がせようと考えて、いやがる母に私を産ませた。それが私」

一条家の跡取りとなる息子はすでに生まれていたが、彼に目をくれることもせず、父親は蘭々にのみ期待をかけて英才教育を施したのだ——と。

蘭々が肩にかかる髪を指先で払い、誇《ほこ》らしげな口調で語る。

「わかる？　私は理人さまの妻になるため……そのための人生を歩んできたの。学歴もたしなみもすべて龍城家にふさわしいものばかりを選んで、龍城家に似つかわしくないものは一切認めてもらえなかった。私、随分と我慢して生きてきたわ」

理人と蘭々が結婚適齢期を迎える前、まだ十代の初めのうちに、一条家当主は龍城家に縁談を持ちかけた。

理人は断った。

それはそれで、まだ許せた。

まだ理人が身を固めようと考えるどころか、結婚が可能な年齢になる前のことだったから。

「一条家は、三条家《さんじょう》と肩を並べる名門ですもの。父がすすめれば理人さまは断らない。くどいほどそう聞かされて育ったし、信じてもいたの。私はいずれ、ドゥオデキムの一族の女王になるんだって」

けれど、理人がいつまでもその気にならないので、一条家の当主は大学を卒業した蘭々を本社に就職させた。

本社社長として働く理人のそばに――秘書室に蘭々を置いて、目立たないようにおとなしく、従順な女性であることをアピールさせた。

「父はすべてを強要したの。家にいる時以外、私は目立たない地味な服ばかり着て、ブランドもののアクセサリーに興味もないふうに装って、理人さまの目に留まるように努力したわ」

ある意味、一条家当主の読みは正しかったと言えるだろう。

理人は華やかで派手な女性は、一夜限りの遊び相手にしかしなかったのだから。

龍城家の正妻にふさわしいのは、家柄が良く、堅実でしっかりとした女性だ。

正反対の資質を持っていた蘭々は、自分自身の個性を殺すことを強いられた。

高圧的な父親の命令に従って、すべてを犠牲にした。

「それなのに、あなたはなんなの？　あなたのせいで、私が選ばれない」

蘭々が、憎々しげに顔を歪《ゆが》める。

理人に選ばれなかった恨みが、そのまま詩寿に向けられる。

ぞわっと、詩寿の背筋に悪寒が走った。

「一体、何をそんなに気に入られたのよ。教えてちょうだい。秘書室に来てからも、ずっと理人さまに目をかけられて。控えめでもないし、たいした特技があるわけでもないのに。ずっと目障りだったのよ」

吐《は》き捨てるように悪意ある言葉を叩《たた》きつけられて、詩寿ははっと思い出す。

蘭々はしょっちゅうコーヒーを淹れて持ってきてくれた。

あれは秘書としての務めでも純粋な好意でもなく、理人や詩寿の動向をうかがうための行為だったのか。

「――あなたが花嫁に選ばれたと通知された日、私、泣いたわ……あなたの手にあるその指輪は、本当なら私のものになるはずだった」

理人に愛されている証の婚約指輪を、蘭々が今にも焼き尽くしそうな眼差《まなざ》しで凝視する。

そして、ゆっくりとしゃがみこむ。

「龍城家の財産もお父さまからの愛情も、すべてが私のものになるはずだったのに」

詩寿は手の自由が利かないままあとずさりし、なんとかして距離を取ろうとした。

目の前にいる蘭々は綺麗なネイルと指輪で飾り立てた手に、抜き身のナイフを持っている——。

「泣いて泣いて私、父を責めた。父の言いなりでここまで来たのに、すべての努力が無になるなんて許せることだと思う？　だったら、私の人生はなんだったのよ——冗談じゃないわ」

「一条さん、落ち着いてください」

蘭々がナイフを持っていないほうの手を伸ばし、長い爪先で詩寿の顎を掴《つか》む。

「痛……っ」

綺麗にネイルを施した爪先は尖《とが》っていて、詩寿のやわらかい皮膚に鋭《するど》く食いこんだ。

「ねえ。理人さまを返してちょうだい。そうしたら、あなたのことは許してあげる」

ドゥオデキムにおいて、理人に逆らうことがどれほど大変なことか、蘭々は知っている。

だが、もう引き返すことはできなかった。

理人に選ばれなかったら、蘭々はもう、生きていく理由がない。

「父はいずれ理人さまを押しのけて、自分が総帥に取って代わる気でいる。でも私は理人さまの妻になりたいの。父の野心なんて、もう、どうでもいい」

答えて、と蘭々は、無邪気な子どものように促した。

「身を退くなら、解放してあげる。返してくれるわね？」

詩寿は、迷わなかった。

反射的に顔を上げて答える。

「いやです」

蘭々のことは気の毒だと思う。

でも詩寿は、――たとえあんなひどいことをされたとしても――理人のことが好きだ。

それは譲れないし、脅《おど》されたからといって身を退きたいとは思わない。

誘拐されて、刃物を持っている人間相手に刃向かうのは賢い手段とは言えない。

護身術を叩きこんだ異母兄が言っていたように、この場をなんとかごまかして武器を捨てさせて、抵抗するのはそれからでいい――。

頭ではそう理解していても、我慢できない。

「私は、理人さんのことが好きです。それに、理人さんは物じゃありません。返すとか返さないとか、さっきから、あなたの言っている意味がわからない」

「なんですって……？　自分の置かれている状況がわかっているの？　それとも、私を馬鹿にしているの？」

蘭々の表情が険を増す。

脅して身を退かせようとしているのに、抵抗されるとは思わなかった。

「私はあなたを傷つけるだけじゃなく、殺すことだってできるのよ……ああ、そうか。そうね」

不意に蘭々が、決心したように頷いた。

はらりと乱れて落ちた前髪の端が、蘭々の目を昏《くら》く覆い隠す。

「これは、私に与えられた試練なのね、ドゥオデキムの女王にふさわしいかどうか試すための……邪魔者を自分の力で排除してこそ、龍城家の妻にふさわしい人間になれるんだわ。なんだ、そういうことだったのね。簡単なことだったんだわ。悩む必要なんてなかった」

病的に晴れ晴れとした顔つきで、蘭々がナイフを握り直す。

そこに、迷いは一切なかった。

「ありがとう。あなたのおかげで私、自分のやるべきことがよくわかったわ。だから」

にっこり。

蘭々は、詩寿に向かって笑いかけた。

満面の笑みをたたえたまま、渾身《こんしん》の力をこめて、ナイフを振りかざす。

「――さようなら……！」

真上から刃が降り落ちてきて、詩寿はとっさに横に転がって避《よ》けた。

肩をまともに床に打ちつけて、変な咳が出る。

手さえ自由だったら、もっと機敏に避けられるのだけれど――何度試してみても、両手首を縛りつけた紐はちっとも緩まない。

「往生際の悪い……でも扉には鍵がかけてあるし、人払いもしてある。逃げても無駄《むだ》よ」

大きく肩を上下させた蘭々がじろりと詩寿を睨《にら》み、再度、両手で刃を構える。

必死になって立ち上がった詩寿は転びそうになりながら扉に駆け寄り、大声で叫《さけ》んだ。

「助けて、誰か！」

命の危機を切実に感じる今、脳裏に浮かぶ名前はただひとつ。

「助けて、理人さん……………っ！」


その次の瞬間。

土蔵の重い扉が、勢いよく開かれた。

※

「詩寿！　無事か⁉」

軋《きし》む扉を蹴《け》り破るように開けて中に飛びこんできた理人が瞬時に土蔵の中に目を走らせ、
蘭々が刃物を構えているのを見て目尻をぎりっと吊り上げた。

そのまま走って蘭々に体当たりし、武器を取り上げる。

抵抗する暇もないほどの、一瞬の早業だった。

蘭々は声もなく倒れ、横から走りこんできた海流がすかさず拘束する。その背後には、警察官の姿も多数見えた。

「理人さん……っ！」

いつに変わらぬスーツ姿の理人は全身から汗を滴《したた》らせ、肩で大きく息をしていた。双眸《そうぼう》をぎらつかせたまま膝をつき、ありったけの力で詩寿を抱き締める。

「よく俺を呼んだ。おかげで間に合った……！」

手の拘束をほどいてくれたので、詩寿は理人にしがみつく。

「怖、かっ、た………！」

土蔵の手前では、一条家の当主が警察に連行され、海流に外へ引きずり出された蘭々が食ってかかる。

「お父さま、これはどういうこと!?　あの男たちは口止めしたんじゃなかったの!?」

「儂《わし》にもわからん！」

当主である信介《しんすけ》が怒鳴り返した。部屋着に暖かいガウンを羽織ったままの格好で連行されるなど、彼にとっては最大の屈辱《くつじょく》だ。

そもそも一条家は、十二支《じゅうにし》の辰《たつ》よりも先に選ばれた『子《ねずみ》』の家。

誰よりも頭が良く、龍城家に取って代わろうとする野心が代々受け継がれる家系だ。

「いきなり、なんの説明もなしに警察に踏みこまれたんだ。次期総帥、納得できるご説明を願いますぞ！　名誉ある一条家がこんな目に遭わされる謂《い》われはない！」

身体がすっかり冷えている詩寿に己《おのれ》のジャケットを脱いで羽織らせた理人が、ゆらりと立ち上がる。

詩寿を、自分の懐《ふところ》の中で守るように抱き締めたまま。

「八条家への脅迫状及びそれに付随する犯罪行為、詩寿の誘拐、弟の令稀への暴力行為、そして殺人未遂――これだけ並べて、どこが無罪だと言うつもりだ？」

びりびりと焼けつくような憤怒の形相で睨み据えられて、信介がわずかに怯《ひる》む。だが、蘭々は負けていなかった。

「証拠はないわ！」

「ありますよ」

警察と視線を交わして頷いた海流が、静かに口を添える。

「我々はすでにあなたがたが犯人だと睨み、証拠を今までひそかに集めていました。誘拐犯はすでに別働隊が逮捕していますよ。令稀さんが犯人の顔立ちや特徴をよく覚えていましたから、特定が早かったんです」

誘拐犯グループの証言もあって、詩寿が一条邸の敷地内にある土蔵にいることまでは突き止めた。

即座に駆けつけたのだが、土蔵が何棟も建ち並んでいてどこにいるのかわからない。

屋敷内にいた信介を連行し、詩寿の居場所を白状させようとしていたまさにそのとき、詩寿の声が聞こえたのだと説明されて、詩寿は足の力が抜け、立っていられなくなるくらい安心した。

ぎりぎりだったのだ。

一瞬遅かったら――詩寿が、理人の名前を呼ばなかったら。

詩寿は今ごろ、死んでいたかもしれない。

そう思うと今さらながらに恐怖がこみ上げてきて、膝から震えが走る。

理人がそれに気づき、詩寿の腰に腕を回して、そっと優しく支えた。

「もともと一条家には、横領や癒着といった疑いがあり、それも同時に調べていた。俺の目が届かないと思って、なかなか、好き勝手にやってくれていたようだな」

理人の迫力ある眼差しに貫かれて、信介は冷や汗を浮かべる。

それでも表面上は顔色を変えないあたり、さすがに肝《きも》が据わっていた。

「龍城家を乗っ取ろうという企《たくら》みも、証拠は押さえた。すべてを親父殿に報告すれば、一条家を取り潰すこともできる」

「何を仰《おっしゃ》るのです。一条家が龍城家を裏切るなど、あり得ませんものを……次期総帥は冗談もお上手だ。お人が悪い」

信介が人当たりの良い笑顔を浮かべてみせるが、冷徹な次期総帥はそんなものではごまかされなかった。

「お前が信頼する弁護士は、俺の雇った側の人間だ。お前の背信行為は、当初から筒抜けになっていた……長年の付き合いで献身もあっただけに、少々残念だが」

理人の言葉にぐっと唇を噛み、それから信介は観念したようにため息をついた。

さすがにこの後に及んで、みっともなく慈悲《じひ》を乞《こ》うような真似《まね》はしない。

信介が、静かに警察に拘束される。

父親の様子を気にかけることなく、蘭々はずっと黙ってうつむいているので、何を考えているのかわからなかった。

「帰るぞ、詩寿」

理人が詩寿の肩を抱き直し、促す。

「明日は結婚式だ……傷の手当てもしなくては」

その言葉に、蘭々が弾《はじ》かれたように反応した。

「理人さま！」

蘭々が、自分をちっとも気にかけようとしない理人に眼差しで縋《すが》る。

「私を、あなたの妻に。私は、理人さまの妻になるために生まれた女なんです………あなたにふさわしいのは、この私………」

絞り上げられるようなその声音と、たどたどしい口ぶり。

理人が不愉快そうに眉をひそめた。

「俺が選ぶのは、お前ではない。詩寿だ」

それが最終通告。

それきり、振り返りもしないで土蔵をあとにする。

蘭々が、遠ざかる理人の背中に向かって絶叫した。

「あなたの妻になるのは、私のはずだったのよ……っ！」


龍城邸に戻る車の中、窓の外を流れる夜景を見つめながら、詩寿はずっと蘭々のことを考えていた。

理人のジャケットに、すっぽりと包まれたまま。

車内は、今までのことが嘘《うそ》のように静かで暖かい。

とはいえ詩寿には、まだ蘭々の悲痛な声が耳に残って胸に痛かった。

蘭々のしたことは許せることではないけれど。

あれほど激しい憎悪をまっすぐに向けられたのは初めてで、衝撃がなかなか去らない。

蘭々のあの怨念めいた響きがまだ、耳の奥にこびりついているようで——正直なところ、あそこまで思い詰めた蘭々のことを、怖いと思う。

ドゥオデキム・コンツェルンを統べる龍城家の血筋には、人の人生を狂わせる魔力めいたものが宿っているのだろう。

踏みとどまることができればいいが、踏み外せばその先には破滅が待っている——蘭々のように。

「……一条さん、これからどうするんだろう……お父さまも逮捕されたら、頼れる人はいるのかな……？」

思わず、心の中のつぶやきが漏《も》れる。

すると、隣に座る理人が無言で詩寿を膝の上に横向きに抱き上げた。

「理人さん？　いきなりどうしたの？」

「……」

しっかりした筋肉のついた胸板に片耳を押しつけられ、反対側の耳は理人の大きな手が塞《ふさ》ぐ。

何も物音が聞こえなくなってから、詩寿は、理人がわざとそうしているのだと気づいた。

蘭々のあの叫びがもう聞こえないように——詩寿が、傷つかないように。

つむじに熱い唇を押しつけられて、詩寿は落ち着きなく、身じろぎした。

そうだ。

理人は、こういう人だった、と思い出す。自分に対してはとても厳しいのに、詩寿のことはとことんあまやかす。

それがわかったから、詩寿は、自分自身より理人のことを大切にしたいと思って、惹《ひ》かれていったのに。

喧嘩《けんか》して想いがすれ違って、いつの間にか忘れてしまっていた。

「室長も、運転手さんもいらっしゃるのに……」

理人が、黙って前方を指差す。

理人も運転免許は所持しているが、ハンドルを握ることはほとんどない。運転をしていると、万が一襲撃された際に身動きが取れない。

前もってそういったリスクを排除することも、理人にとっては生活に溶けこんだ当たり前の配慮だ。だから運転はプロを雇って任せる。

それが、次期総帥たる者の——龍城家の人間の義務だ。

詩寿はそれらのことを、これからひとつひとつ習得していかなくてはならない。

理人に嫁ぐということは、相応のリスクも背負わなくてはならないということだ。

運転手は黙って運転に集中していて、海流はさすがに疲れたのか、非常に珍しいことに居眠りをしていた。

「……室長にも、ご迷惑をおかけしてしまいましたね……」

耳を塞がれているせいで、自分の声がくぐもる。

理人が少し身を屈《かが》め、詩寿の耳に唇を寄せて低い声音を吹きこむ。

「怖かっただろう……悪かった。目を離した俺の責任だ」

慰《なぐさ》めるように囁《ささや》かれて、殺されかけた恐怖が、じんわりとした疲労に取って代わる。

「理人さんは何も悪くない。それに、ほっとしたせいか、現実感がなくて……なんだか、悪い夢を見ていたみたいな気分なの」

詩寿を見つめる理人は、苦しそうな表情を浮かべていた。

「俺と結婚するということは、こういうことだ。お前が今まで考えられなかったような重圧がかかる。一条のような女は恐らく、これからも現れるだろう……龍城家の名誉を欲しがる輩《やから》は珍しくない」

わかっています、と答える代わりに、詩寿は額を理人の胸にぐいぐい擦りつけた。

龍城理人という人は、この重圧を生まれたときからきっぱりと背負って立っている人だ。常に傲然《ごうぜん》と顔を上げて、毅然《きぜん》と背筋を伸ばして。

けれど今、詩寿を抱き寄せる腕は、かすかに震えていた。

「お前のためを思うなら俺は、この手を離してやるべきなのかもしれない。喧嘩をしている間、俺は……そのことで、少し迷った」

理人が、こんな弱さを覗かせるのは初めてだった。

たくましい胸筋の奥、力強く脈打つ心臓でさえもが、今はわずかに泣いているような気がして、拘束されていた痕の残る手で、ぎゅっとしがみつく。

「だが……だめだな。俺はお前の気持ちより、自分の欲望を優先させた。俺には、一条を責める資格はないのかもしれない」

「理人さん」

詩寿は腕を伸ばして、うなだれる理人の頬を包みこんだ。

自分は理人からぬくもりを分けてもらって温かいから、そのぬくもりを返せればいいのに、と思いながら。

詩寿のやわらかい両手に包まれて、理人が静かに目をつぶる。

「最初の脅迫状騒動のとき……お前は俺に助けを求めなかった」

「それで、あんなに怒っていたの？」

「そうだ。俺を頼りにしていないのだと思って腹が立った。だがさっき、俺を呼ぶ必死な声を聞いたときは……寿命が縮んだ」

いざ助けを求められたとき、その声から、詩寿がどれだけ恐ろしい思いをしているかを読み取ったのだ。

頼られたいという、男の矜持《きょうじ》が一瞬にして吹き飛ぶくらいの衝撃だった。

もし詩寿が大怪我を負っていたら——それより、もっとひどいことになっていたら。

理人は誰が止めようとも、自分の手で蘭々を殴り殺していただろう。

理人が、そういった話を言葉を選ばず、訥々《とつとつ》と語る。

詩寿はその声に、黙って耳を傾《かたむ》けている。

「俺は、お前にあまえられたかったんだ」

理人がここまで率直に、本音を打ち明けてくれたことが嬉しくて、詩寿もすなおに伝える。

「私は、理人さんにあまえちゃいけないと、ずっと思っていた」

「なんでだ」

理人は、かなり不満そうだ。

「理人さんは忙しい人だから。私のことでわずらわせてはいけないと思いこんでしまって……逆だったのね」

「お前は出会ったときから充分、俺の手をわずらわせていると思うが」

理人が軽口めいた口調で言うので、目を合わせて笑う。

すれ違って悲しい思いをしていたことも、もう今となってはどうでもいい。

目の前に理人がいて、笑ってくれているのだから、それ以上何も望まない。

わだかまりが解けていくのが心地よくて、詩寿は理人に全身を委ねてもたれかかった。

理人が、詩寿の黒髪に自分の頬を擦りつける。

「打ち合わせを全部済ませたあと、私、無理にでも理人さんのところに押しかけるつもりだったのよ。話したいことがあったし……喧嘩したまま式を迎えるのは、いやだったの」

理人はドゥオデキム・コンツェルンを継ぐ立場で、手に入らないものなど何もないと思っていた。

花嫁だって、見目麗《うるわ》しくて家柄ももっと良い女性が選り取り見取りのはずだ。

総帥が後継ぎの結婚期限を決め、一族の中から選べと厳命しなかったら、詩寿は理人と深い関わり合いのないまま一生を送っていただろう。

最初は、雲の上の人だった。

遠くから見ているだけの人だった。

ビジネスでは冷酷で、プライベートでは遊び人だと思っていた理人が実はとんでもなく努力家で、ドゥオデキム・コンツェルンのために粉骨砕身《ふんこつさいしん》の努力を傾けている人だとわかったときにはすでに惹かれていた。

「ほう。何を話したかったんだ？」

穏やかな声音で尋ねられ、詩寿は理人の顔を見上げた。

「私を捨てるかって、聞くつもりだった。結婚式を挙げる前なら、一応なんとかなるはずでしょう？　揉《も》めているなら、一度婚約を解消することも考えたほうがいいんじゃないかと思って」

「馬鹿なことを言うなっ！」

途端に眉間にぐっと皺《しわ》を寄せた理人が、ものすごい力で詩寿を抱き締める。

二度と詩寿を放すものかとでもいうような力だった。

冗談ではなく背骨が折れてしまいそうで、詩寿は息ができない。

「つぐ……っ、痛……！　理人さん、苦、し……！」

必死になって顔を上げて、なんとか呼吸だけは確保する。

「お前は、俺のものだろうが……っ」

「続き、続きを聞いて……っ」

どんどんと厚い胸板を叩いて、声を振り絞る。

「違うの、離れないから。もし理人さんが私を捨てても、今度は私のほうからプロポーズするからって、そういうふうに言いたかっただけなの。なんかちょっと、言い方間違えたみたい……ごめんなさい」

喧嘩している間、詩寿なりに一所懸命考えて導き出した答えだ。

詩寿に縋りつくように絡みついていた理人の腕が、はたと止まった。

「お前が、俺に？　プロポーズだと？」

珍しく、目を瞠《みは》って数瞬固まった理人が、詩寿を見る。

詩寿はいたずらが成功した子どものように笑って頷いた。

「喧嘩している間中悩んだけど、理人さんと別れたいとは思わなかった。殺されそうになったときも、ひたすら会いたいと思ったのは理人さんだった。私、理人さんのことが好き。一度好きになった人のことは、簡単には諦めない」

だから一生、一緒にいる。

ストレートな告白だった。

飾りがないぶん、理人の心にまっすぐ飛びこむ。

「お前が、俺を」

一瞬の沈黙のあと、理人の耳たぶがじわじわと染まるのを目の当たりにして、詩寿が嬉しそうに口もとを綻《ほころ》ばせた。

「んふふ。理人さんの耳、真っ赤」

真夜中の車内に、理人の怒声が響く。

「お前……——ややこしい言い方をするんじゃない！　これ以上寿命を縮ませて、俺を殺す気か！」

その声に、居眠りしていた海流が跳ね起きた。

「どうしました!?　何事ですか!?」

非常に珍しい、寝ぼけた海流の様子に——詩寿と理人は、屈託なく笑った。

和やかな雰囲気《ふんいき》に包まれた黒塗りの大型車は、龍城邸ではなく、八条邸へとひた走る。

【9】

くたくたに疲れていたけれど、先に八条《はちじょう》邸に立ち寄り、詩寿《しず》は無事な姿を高俊《たかとし》に見せた。

詩寿が無事に救出されたことは一足先に電話で伝えてあったけれど、高俊は玄関まで飛んできて、娘の無事を心の底から感謝した。

令稀《れいき》に付き添っていた文恵《ふみえ》や執事たちも飛び出してきて、詩寿の無事を祝う。

「詩寿……無事で、本当に良かった」

詩寿の元気そうな顔を見てようやく落ち着いた高俊が、理人《りひと》に向かって深々と頭《こうべ》を垂れる。

「理人さま、娘を助けていただき、ありがとうございます。感謝いたします」

「礼には及ばない」

「お父さま、令稀は？　殴られたんですって？　大丈夫なの？　病院に行った？」

「いくつか検査をしてもらったけど、大丈夫だったよ。ただ、殴られた痕《あと》はしばらく残るだろうね」

数日は、眼帯をつけて生活することになりそうだが、幸い視力には影響がなさそうなので心底ほっとする。

令稀は病院から戻ったあと大事を取って休んでいるけれど、詩寿が救出されたことだけはすぐに教えられた。

安心したのかそのまま熟睡しているので、詩寿はその様子をそっとベッド脇から眺《なが》めるだけに留めて、玄関の車寄せに戻る。

「まさか令稀が、私が攫《さら》われるところを目撃していたなんて。助けを呼ぼうとしたせいで、あんな怪我までしてしまって」

「弟くんまで連れて行く余裕はなかったから、殴って放置したんでしょうね。弟くんが犯人の特徴を詳しく覚えていてくれたから、捜査が楽だったわ」

侮《あなど》れないわね、と纏莉《まつり》がわざと明るく笑う。

纏莉は理人たちとは別に、ずっと高俊と令稀に付き添ってくれていたのだ。ふたりとも、さぞ心強かったことだろう、と詩寿は思う。

そのまま、全員、早々に引き揚げることにした。

いろいろなことがありすぎて疲れたから、早く戻って休まなければ、明日がつらい。

「それじゃあ詩寿、また明日ね」

見送りに出た高俊が、少し寂しそうに微笑《ほほえ》む。

数時間後には、結婚式が始まる。

※

真夜中近くになって、龍城《りゅうじょう》邸に戻った詩寿と理人は最上階の主寝室にいた。

詩寿がこの寝室を訪れるのは、久しぶりだ。

でも客室は今日を限りに引き払い、明日からはここが詩寿の居場所になる。

龍城家の夫婦しか暮らすことを許されない部屋で、ふたり一緒に、これからの長い時を過ごすのだ。

シャワーを浴びて備えつけのバスルームから出ると、理人がベッドの上で待っていた。

「理人さん、まだ眠っていなかったの？　明日は早いのに」

別のバスルームを使ってきたらしく、理人はすでにバスローブ姿だった。

「こっちにおいで」

はい、と寝間着をまとった詩寿が近づく。

詩寿がベッドに乗り上げる前に理人の長い腕に包みこまれ、抱き上げられる。

すっぽりと温かい腕に抱き締められ、詩寿は吐息を零《こぼ》した。

理人の体温、肌の匂い、背中に回された手の力加減——すべてがしっくりと馴染《なじ》んで、不思議なくらい安心できる。

どうしてこんなに理人は、詩寿を落ち着かせることができるのだろう——詩寿は不思議で仕方ない。

——一条《いちじょう》さんに殺されそうになったあとも、理人さんの顔を見ただけですごく安心できた。まだ蘭々《らら》のことを考えると胸がざわざわするし恐ろしさも蘇《よみがえ》ってくるけれど、たった数時間しか経っていないのに詩寿が今普通に過ごせているのは、きっと、理人のおかげだ。

とりとめもなくそんなことを考えながらそっと目をつぶり、理人に身を寄せる。

身体の底に残っていた恐怖までもが溶けて消えていくような感覚だ。

理人があぐらをかいて座っているので、その膝の間に収まり、身体を少し丸めて、深く息を吸いこむ。

こうしていれば、何も怖くない。

すると、頬を寄せた胸がかすかに振動した。

「理人さん、笑ってる？」

詩寿が顔を上げると、理人の視線にぶつかった。

とても優しい目をして、唇の端に笑みをにじませている。

「何か、おかしかった？」

「いや……感心するくらい安心しきっているなと思ったら、我慢できなかった。悪い」

「別に、怒ったりしないけど……？」

「それなら、もうちょっと堪能させせろ。お前を抱き締めるのは久しぶりだ」

ぎゅ、と強く腕を回されて、詩寿は一瞬、理人にあまえられているような気分になった。

だが実際は、詩寿のほうがあまやかされているのだろう。

背中を大きな手で撫《な》でられ、黒髪に唇でそっと触れられ、ゆっくりと、ゆったりと抱き締められる。

殺されそうになったことを忘れさせようとするような、慰撫《いぶ》する抱擁《ほうよう》だった。

「なんというか、ちょうどいいなお前は」

「ちょうどいいって、何が？」

「サイズ感、か。俺の腕にぴったりだ」

言い方がおもしろくて、詩寿はくすくす笑う。

「サイズって、ピザじゃないんだから」

「欲を言えば、もうちょっと肉付きが良くてもいいが」

「平均的で、別に痩《や》せすぎてはないでしょ？　これ以上お肉をつけたら、肥満気味になっちゃう」

「そんなことはないだろう。細すぎて、いつも手加減しているというのに」

「理人さん、手加減してくれていたの？　嘘《うそ》でしょ？」

「失礼だな。俺はいつでも紳士的な男だ」

少しの間そんなふうにじゃれ合う会話を楽しんで、理人の手が、詩寿の身体のあちこちを触って確かめた。

「怪我の具合はどうだ？　痛まないか？　どこか別のところが痛くなったりはしていないか」

一条邸から引き揚げる車の中で、すでに手当ては済んでいる。

ほとんどが軽い擦り傷や打ち身だから、病院に行く必要もなかったくらいだ。

「平気。シャワーを浴びたあと、薬は塗り直したし」

放っておいても治るレベルだ。

それより、と詩寿が青くなる。

「令稀のほうが大怪我よ。明日、大丈夫かなあ……無理して出席しなくてもいいって連絡しておいたほうがいいかしら。率直に言えば参列してほしい気持ちもあるけど、でも、疲れていたらかわいそう」

弟への溺愛ぶりを発揮する詩寿を、理人が無言で引き寄せた。

ふたりきりでいるときに、弟とはいえ他の男の心配をされるのはおもしろくない。

詩寿の手首を掴《つか》み、改めて眉根を寄せる。

「……ここも、縛られた痕がまだ残っているな。消えるまでには数日かかるだろう」

「痣《あざ》になっているから、仕方ないわ。でも大丈夫、どうせ、手首なんてお衣装で隠れて見えないから」

詩寿はそう言って明るく笑い飛ばそうとした。

「そういう問題じゃない」

手首や腕の内側にある擦り傷切り傷、肩の打ち身に足の痣。

詩寿の怪我をした場所ひとつひとつに指先でそっと触れ、理人はひどく己《おのれ》を責めているような表情を浮かべていた。

対する詩寿のほうが、慌ててなだめる。

「そんな、心配するほどの怪我じゃないんだから……もう痛みもないし。理人さん、過保護」

「過保護で何が悪い。俺は、俺のものに手を出されるのが一番許せないんだ」

「え」

一瞬目を瞠《みは》った詩寿が一気に耳の端まで真っ赤になったので、理人は驚いてその顔を覗《のぞ》きこんだ。

「どうした？」

「え、いえ、あの……」

「なんだ。恥ずかしがっているのか？」

マイペースで恋愛初心者の詩寿は、案外、ストレートな物言いに弱いのかもしれない――そう気づいた理人が、ほんの少し、意地悪く微笑《ほほえ》む。

「詩寿。そういえば、お前のほうからプロポーズしてくれるんだったな？」

ぎく、と詩寿が全身を強張《こわば》らせた。

「……今は、無理」

「どうしてだ？」

理人がにやにやしながら迫る。

詩寿はベッドを下りて逃げようとしたが、そんなことを理人が許すはずがない。

腕を伸ばして、華奢《きゃしゃ》な身体を引き寄せる。

「夜が明けたら結婚式だ。プロポーズは、式の前に済ませておくべきじゃないか？」

詩寿は、両腕を目の前でクロスさせて防御の姿勢を取った。

理人の視線を感じているといろいろと雪崩れるというか崩壊する気がするので、怖くて目を合わせられない。

「心構えができていないし、今は何も考えていないので無理。絶対無理！」

このうろたえように、理人が大笑いした。

「これはいい！　恥ずかしがり方まで俺好みだ」

詩寿は強引に理人から顔を背けたまま横たわり、掛け布団を頭の上まで引っ張り上げた。

「寝不足の顔で式に出たくないので、もう、寝ますっ！」

「そうだな。疲れているだろうから、休んだほうがいい。詩寿」

理人も詩寿の隣に横たわる。

照明がふっと消えて、穏やかな闇が広がる。

布団の中に潜《もぐ》りこんだままの詩寿に向かって、理人は楽しげに笑っているのが丸わかりの声で囁《ささや》きかけた。

「明日の夜。お前からのプロポーズを楽しみにしているぞ――俺の、花嫁」

※

花曇りだった前日と違い、結婚式当日は桜が満開に咲き誇《ほこ》り、春の盛りの麗《うら》らかな一日となった。

ドゥオデキム一族を挙げての結婚式は予定どおり、正午ぴったりに始まり、夜になるまで披露宴が盛大に執り行われた。

一連の騒ぎはドゥオデキムの主立った家にはすでに知らされていて、一条家からは信介も蘭々も参列しなかった。

彼らは警察に身柄を拘束され、黙秘権を行使して沈黙を貫いている。

それ以外は滞りなく式が進み、高俊はやはり、愛娘の可憐《かれん》な花嫁姿に号泣しっぱなしだった。

詩寿はこの日初めて理人の父親である総帥に挨拶《あいさつ》をしたが、さすが理人の父親というべきか――見た目も性格も、よく似ているようだった。

披露宴を終えて、初夜を迎えるため、理人が湘南《しょうなん》に新しく買ったという別荘に移動する。

海に面したホテルタイプの建物の、最上階のペントハウスだ。

理人も詩寿も休暇を取り、数日間はこの別荘にふたりきりで滞在してハネムーン気分を味わう。

あらかじめその予定だったので、使用人たちは、誰も連れて来なかった。

初めての、ふたりきりの時間——まさに、蜜月にふさわしい。

新婚夫婦の語らいを邪魔する者は、誰もいない。

花嫁衣装を脱いだあと、桜色の付け下げに着替えていた詩寿をベッドの前に立たせ、理人が一枚一枚脱がせていく。

照明は緩く落とし、外からは波の音が子守唄のように聞こえる。

詩寿はもう、明かりを消してほしいとは言わなかった。

「本当のハネムーンはこのあと、繁忙期を終えてからじゃないと時間が作れない……悪いな」

帯がほどかれ、はらりと床に落とされる。

「気にしないで。大体、社長が忙しい時期は秘書も多忙だもの。有給休暇なんて取っている余裕はないでしょう」

しっとりとした手触りの正絹《しょうけん》の衣も脱がせようと肩に手をかけて、理人はふと動きを止めた。

詩寿が、小首を傾《かし》げる。

「どうしたの？」

「いや……婚礼衣装もよく似合っていたが、お前はこの色が一番よく似合うと思って見ていた」

「理人さんの花婿姿も、素敵《すてき》だった。紋付きがあんなに似合うとは思わなかった……すぐスーツに着替えちゃったのが、ちょっと残念なくらい」

「こっちのほうが動きやすいからな」

「でも、理人さんのスーツ姿も好き」

理人が、詩寿の飾らない言葉に照れ笑いを浮かべる。

「言うようになったな」

詩寿が今着ている着物は、実母から結婚の記念にと贈られたものだ。

桜色の地が、とりどりの花の模様で明るく華やかに染め上げられている。

「これね、母が若いときに着ていたものなの」

そこまで言って、詩寿ははっと思い出し、慌てて先手を打った。

「だから、あんまりぐしゃぐしゃにされるとちょっと困る……」

「安心しろ。今夜は全部脱がせる」

「そう宣言されるのも困る……恥ずかしい」

「俺のものになるのが、恥ずかしいのか？」

「それとこれとは、話が違うでしょう」

「違わないさ」

艶《つや》やかな黒髪を一筋すくい取ってきざなしぐさで口づけた理人が、長襦袢《じゅばん》姿になった詩寿を軽々抱き上げた。

「俺は、お前に対しては一切余裕がなくなる。骨の髄まで愛してやろうと言うのに、裸になるぐらいで恥ずかしがられていてはたまらない」

ベッドに腰を下ろし、無防備に自分を見上げる詩寿の肩を抱き寄せる。

「さあ、昨日の続きだ」

プロポーズを催促されているのだと気づいて、詩寿は苦笑した。

「理人さん、なんだかすごくわくわくしてない？」

「当然だ。プロポーズされる側になったのは初めてなんだ。昨夜からずっと、楽しみで仕方なかったぞ」

「プロポーズされるのが、初めて？　理人さん、恋愛経験豊富なのに？」

「縁談や誘いをかけられることはあったが、それとは訳が違うだろう？」

「そういうもの？」

考えてみれば詩寿だって求婚されたのは初めてだったし、求婚するのも当然経験がない。

もちろん、と理人がきっぱり頷《うなず》いた。

「私は、そのあたりの経験がないからよくわからない」

詩寿がそう言って、少しだけ膨れる。

理人がどれだけ遊んできたか、その噂話《うわさ》は以前から耳にしていた。

男女の関係を知った今、詩寿としては、理人の恋愛遍歴に焼き餅を焼かずにはいられない。

理人が、指先で詩寿の喉を猫にするようにくすぐりながら嬉しそうに言う。

「それは、嫉妬か？」

「……知らない」

理人が機嫌良く、喉を鳴らして笑った。そんな表情も、詩寿の心をときめかせるほどさまになっているのは、一体どういうことだろうか。

理人が、詩寿の頭の上に顎を乗せて告げる。

「なんでも、希望を言えばいい。俺は、約束は守るぞ」

「……」

詩寿が一呼吸置いてから、思い切って口を開いた。

「浮気をしたら、承知しない」

「ああ」

「たとえ遊びであっても、私以外の女性とふたりきりになるのはいや」

「わかった」

「ええと、それから……何があるだろう……？」

考えこんでしまった詩寿に、理人はこらえきれない。

とにかく、浮気は絶対NGということらしい。

理人もそれは同意見だ。

こみ上げる笑いをなんとか噛《か》み殺そうと、口もとを左手で覆《おお》う。

プラチナの結婚指輪が、きらりと光を弾《はじ》いた。

詩寿の左手にも、お揃いの指輪が輝いている。

婚約指輪と重ねづけできるよう、デザインを考えて新しく作った品だ。

「理人さん、笑いすぎ」

「俺をここまで笑わせるのは、お前くらいなものだ。これから俺は、お前にさぞ楽しませてもらうことになるだろうな」

「……もう」

ごく自然に唇同士が重なり合い、吐息を触れ合わせる。

口づけひとつで、あまい蜜に全身を浸されたように蕩《とろ》けてしまう。

詩寿は膝立ちになり、理人の額に小さなキスを贈った。

「理人さん。プロポーズの、続きなんだけど」

この言葉を口にするには、マイペースな詩寿であろうとも勇気がいる。

覚悟も、いる。

「続きがあるのか？」

「うん」

瞠目する理人の頭を自分の胸に抱えこみ、詩寿は勇気を振り絞った。

『浮気はダメ』と宣言したくらいでは、到底足りない。

「あのね………」

並々ならぬ決心に、声が震える。

詩寿はゆっくりと、その言葉を口にした。

「私……理人さんの、子どもが欲しい」

いいのか、と理人が弾かれたように顔を上げる。

その表情には、歓喜の色が迸《ほとばし》っていた。

瞳孔が開き、全身から男の匂いが瞬時に立ち上る。

「──そんな可愛いことを言われたら、箍《たが》が外れる」

それが理人の理性の最後の糸を切る内容であることまでは、詩寿は考えが及んでいなかった。

詩寿には理人の──男性の心理が理解できない。

だから無邪気に、理人を煽《あお》る言葉を唇に乗せるのだ。

「理人さんの子どもを産みたい。しきたりとか後継ぎとかのためじゃなくて、理人さんのことが好きだから……ふたりの子どもが欲しい」

なんて生々しい言葉だろう。

でも、これが真実なのだ。

女性が愛する男性の子どもを欲しいと願うのは、愛する人の命を受け継ぎたいから。

次代へ紡いで、愛情を伝えたいから。

単純に、相手のことが愛しくて愛しくてたまらないから――。

結婚は、式を挙げておしまいではない。むしろ、ここから夫婦として、家族としての新しい生活が始まるのだ。

理人は、ベッドサイドにあった避妊具の箱を払い落とした。

「これはもう、必要ないな」

詩寿の全身に荒々しく覆い被さり、首筋や鎖骨や肩、目につくすべての場所に噛みつくような熱い口づけを落とし、貪《むさぼ》るような愛撫が始まる。

乱暴なくらいの勢いで、詩寿はまとっているものをすべて脱がされた。

「あ……っ」

理人に触れられた場所からさざ波のように快感が走り、頭の天辺から足の爪先までを駆け巡って、子宮にずんと重い痺れが走る。

ずり下がった理人が詩寿の腰を掴み、小さなお臍《へそ》の下。なだらかな曲線を描く下腹部を、唇と舌で、舐《な》めたり吸ったりしながら愛撫する。

ささやかな茂みも、その奥の、理人をこれから受け入れる秘めた割れ目にも。

「あっ、あ……っ」

今までされたことのない強烈な刺激に官能が押し寄せてきて、背筋がぞくぞく震える。

いきなりの直接的な、刺激が強すぎる濡《ぬ》らされ方に、細い悲鳴を上げながら身体をよじった。

「理人さんだめ、まだそれだめ、キスして……！」

懇願すると、苦笑した理人が伸び上がって詩寿の望みを叶《かな》える。

大体、詩寿の話はまだ終わってないのだ。

「さっき、式の間中……」

二の腕も、脇腹も、膝の裏も。

大きな手で全身をまさぐられながら、詩寿が絶え絶えに告げる。

「お父さまが泣いていたでしょう？　お父さま、自分が結婚生活で失敗しているから、私が結婚するのがとても嬉しいんだって言ってた。そろそろ三回目の離婚が成立しちゃうんだけど……」

現に詩寿の義母で令稀の実母である円香《まどか》は、今日の結婚式に顔を出さなかった。

令稀の心中を考えると胸が痛むけれど、高俊が堂々と宣言したのだ。

「お父さまったら、『令稀のことは任せなさい』って。『父親なんだから、令稀のフォローはちゃんとするよ』って。なんかいまいち、信用できない」

理人は詩寿への愛撫に没頭していて、詩寿の話が聞こえているのかどうかも怪しい。

白い胸に手を這《は》わせ、女性特有のやわらかさと弾力を楽しみながら、先端の赤い凝りに獣《けもの》のように食らいつく。

詩寿の胎内が妖《あや》しくうねり、忍びこんだ理人の指を誘うようにきゅうきゅうと締めつけた。

濃厚な快感に腰が砕けそうになりながら、詩寿は伝えたいことだけはなんとかして伝えきろうと頑張る。

「離婚していてもしていなくても親は親で、子どもは子どもで……お父さまは私たちのことを愛しているし、私たちもお父さまのことを愛してる。それがわかったから私も――って理人さん、だめ……そんなふうにしたら、喋《しゃべ》れ、な、い」

「悪いが、続きはあとでゆっくり聞かせてくれ。子どもが欲しいと言ったのは、お前だろう?」

「ひぅっ、そ、こ……っ、あ、うっ」

まだ経験が浅くて、異性を受け入れることに慣れていない隘路《あいろ》を、理人の滾《たぎ》る楔《くさび》がぎちぎちと押し広げ、居座る。

そうしているだけで、火花のような快感が全身を駆け巡り暴れ回り、あおむけになった詩寿は大きく口を開けて喘《あえ》いだ。

「ああ、ん、や……っ、ぁ」

筋肉がしっかりと張った理人の肢体の下で、詩寿の腰骨ががくがくと踊るように跳ね上がる。

詩寿を貫いている理人の昂《たか》ぶりは熱くて、ずっしりと重い。

避妊具を着けていないから、女性にはついていない器官の、野性を剝《む》き出しにした充溢した脈動と重みとが、詩寿を圧倒した。

「だめ………、だめだってば……っ！」

赤黒い屹立の、張り詰めた先端から太い根元までがどくどくと、獰猛《どうもう》な獣のように荒ぶって、火傷《やけど》しそうなほど熱くて——今にも、燃え上がってしまいそう。

その男根が自分の体内に入りこんでいることが、今でもなんだか信じられない。

交わりは浅ましく動物的だと思うことが多い反面、ひどく神秘的でもある。

「んぅ……っ」

汗と体液とでびっしょりと濡れた下肢の付け根に、またしても蜜が溢れ出る。

直接愛撫を施されている子宮が、歓喜に泣きながら喜んでいるようだった。

詩寿の眼がとろんと潤《うる》んで、快感にうっすらと上気して、胸が揺れるほど息を弾ませる。

新婚初夜を迎えた新妻の艶《なま》めかしさが、理人の目をこの上なく楽しませていた。

「——まだ、音《ね》を上げるのは早いぞ。俺は全然、愛し足りない」

耳に届いた睦言《むつごと》に、黒髪を乱した詩寿が反応する。

「だめ、だめ……ちょっと待って……」

抱き締め直して、これ以上ないくらい深く繋《つな》がった腰を小刻みに揺さぶる。

淫《みだ》らな戯《たわむ》れ方に、詩寿がひっと息を呑《の》んだ。

「それや、やめて、理人さんお願い……っ」

詩寿が、大きく背中を撓《たわ》める。

目の奥に、ちかちかと星が飛ぶくらい官能を与えられすぎて、受け止めきれない。

繰り返し極めさせられ続けて、腰骨の奥がじんじんと痺《しび》れている。

みっともない声を上げて、みっともなく泣きじゃくる。どんなに乱れても、理人にさらなる痴態《ちたい》を演じさせられる。

「も、壊れ……壊れ、ちゃう、からぁ……っ」

息をするのも苦しいくらい感じているからやめてと訴えているのに、そんな詩寿を理人は愛しそうに眺《なが》めているのだ。

理人がふっと零した吐息、ぽとりと顎先から垂れる汗、肌をかすめる短い髪。

すべてが詩寿の肌をあまくくすぐり、底なしの官能に誘う。

全身をびりびりと快感が駆け抜け、詩寿は本当に自分がおかしくなってしまったのかと思った。

胎内に埋めこまれた理人の性器が大きく張り詰め、どくどくと強く脈打っている。

繋がった部分から、とんでもないくらいの悦楽が生まれる。

昂ぶりが燃え上がりそうなくらい熱くて、獰猛にいきり立っている。

感じすぎて、目の焦点が合わない。

「──詩寿」

ふたりして、快感を貪る獣になっていた。

理人が、気を失いかけた詩寿に濃厚な口づけを落とす。

はあはあと喘ぎながら詩寿は懸命にキスを受け止め、理人の手を握り締め返す。

全身から汗を滴《したた》らせた理人が、ゆっくりと大きな動きで腰を引き、一度繋がりを解く。

そしてまた、緩やかに侵入を開始した。

「……っ⁉」

ゆっくり、ゆっくりと。

理人がもどかしいくらいの速度で腰を進め、昂ぶりをどこまでもどこまでも押し進めていく。

「あああ、だめ、深い、深いぃ……っ！」

詩寿が絶叫して仰《の》け反《ぞ》る。

どこまでも侵入してきそうなこのやり方は、淫らすぎて詩寿の手に負えない。

「それいやっ、まだ来る、だめぇ……！」

無意識のうちに腰を上げ、バネ仕掛けの人形のように足をばたつかせて、いっそのこと、一息に受け入れてしまおうと暴れる。

焦《じ》らされるより、一気に突き入れられてしまったほうが乱れずに済むと思ったのだ。

今自分がどれだけ淫らな振る舞いをしているか、わかっていても止められない。

自分から足を開き、壊れたおもちゃのように、腰をいやらしく動かしているなんて。

「いや、ああ、ひ……！」

詩寿の動きの隙を突いて、理人が猛々《たけだけ》しく最奥を穿《うが》つ。

ベッドが軋《きし》むリズムはだんだん速くなり、ふたりの息が上がり、あまく呻《うめ》く。

悶《もだ》える。

「ここに、最後の一滴まで注ぎこむ……本当に、いいんだな？　もう、いやは聞けないぞ」

「ほし、い…………！」

詩寿が必死に頷くと、身体をころんとひっくり返される。

「——ここを知っているのは、俺だけだ」

ベッドの上に四つん這《ば》いになった浅ましい格好で、腰骨を掴んだまま最奥をぐりぐりと抉《えぐ》られて、詩寿の爪先がシーツを掻《か》く。

「ひっ、いっ、やああ……！」

「もっとだ。もっと蕩かせてやる」

「……もう、やだ……っ。虐めないで……っ」

「虐めてなんかいない」

理人が詩寿の顔を覗きこみ、きっぱり言い切った。

「愛しているんだ」

詩寿が、涙に濡れた瞳で、花が咲くように微笑む。

「私も、愛してる……この言葉を伝えるのを、忘れてた……」

どちらからともなくキスをして、手を繋いで。

「恥ずかしいけど、理人さんとこうするの、すごく幸せ……」

理人も頷いて、しっかりと指を絡めて握り返した。

そのあとのめくるめくような快楽は、まさに狂乱だった。

昂ぶりが強く激しく暴れ、詩寿は痺れるような快感に息をするので精一杯。

快楽に溺れる。

理人に溺れる。

愛する相手と繋がる幸せに、ほかのことはもう何も考えられなかった。

素肌のすぐ下で、悦楽がスパークする。

「も、やだ、も、やだ……！」

詩寿が、理人の身体の下でのたうち回る。

限界が近い。

「……詩寿」

こんなふうに名前を呼ばれるだけで。

「──っふ、う……っ」

自分からも、理人を貪る動きを我慢することができない。感じすぎて、泣きたくないのか泣きたいのか、判断できない。

「……出すぞ」

「……、ん」

理人の荒い息遣いが耳に響く。

詩寿のほうが一足先に、絶頂へ追い上げられる。

身も心も飛んでしまいそうな、すさまじい愉悦に耐えきれず、詩寿は大きく口を開け、はく、はく、と必死に息をした。

快感のあまり、強張った舌先がぶるぶると唇からさまよい出る。

一瞬の、仮死。

脳裏が真っ白になって、内部から弾けてしまいそうになった瞬間、理人が、思うさま欲望を解き放った。詩寿の悲鳴が、あまくかすれる。

「ああ、あ、ああ………！」

どく、どく、どく、と。

理人の雄《おす》さえまともに見たことがない詩寿は、精液など見たことももちろんない。けれど熱い迸りを確かに身体の最奥に感じ取って、安堵したような、引き攣《つ》るような呼吸を繰り返す。

理人が胎内から出ていくのを感じる。これで終わりだと、感覚で理解した。

シーツに沈みこみ、しゃくり上げるように息をする。

さすがの理人も息を切らせ、詩寿の身体に覆い被さったまま、荒い呼吸を繰り返していた。

「――――これ、で……赤ちゃ……、生まれてきて、くれ、る…………？」

詩寿の首筋に軽く歯を立てて放埒《ほうらつ》の余韻《よいん》を味わっていた理人が、一呼吸置いて顔を上げた。

額から流れる汗がしみるのか、凜々《りり》しい目を眇《すが》めている。

絶頂の余韻に頭の芯までぼうっと放心していた詩寿は、何も考えずに、理人の目に入りかけた汗の玉を唇で吸い取った。

途端に、理人の全身にぐっと欲望が漲《みなぎ》る。

「……あ。え…………？」

詩寿がうろたえて、眼差《まなざ》しをさまよわせた。

詩寿の恥丘に押しつけられていた昂ぶりが、ぐぐっと屹立したせいだ。

一旦は鎮まったはずのものが妖しく濡れ光り、腹を打つほどに反り返っている。

思わず少しだけ上半身を起こしてそれを見た詩寿は、無意識のうちに首を横に振った。

「だ、だめ……」

「……おい。初夜だから、こっちはこれでも一応、やりすぎないように配慮しているんだ」

それをお前が煽ってどうする、と理人は顔をしかめた。

「あまり煽ると、歯止めが利かない」

「煽ってない、もう無理……っ」

「そこは煽ってこい」

理人が詩寿と目を合わせ、魂ごと蕩かせるような声で唆《そそのか》す。

「俺を愛していると言ってみろ。すなおに言えたら、もっと気持ち良くしてやる」

「も、無理だから、言わない……っ……」

ふうん？　と片方の眉を吊り上げた理人が、激しい律動を再開した。


『愛している』を、何度言わされたことだろう。

「愛してる、理人さん、愛してるか、らあ……あ！　あ、いや、だめっ」

快感のあまり零れた唾液が、唇の端を伝い落ちる。

「もうだめ理人さん、もうやめて……！」

「逃げるな」

うつ伏せになった詩寿が腰をくねらせ、ベッドから逃げようと這う。

理人がそれを許さず引き寄せ、強引に腰を進めて激しく交わる。

執拗に愛された身体はあまだるく痺れて、どこにも力が入らない。すべて、理人の思いのままだった。

とうとう逃げる気力を失ってしまった詩寿は真後ろから貫かれ、身体ごとひっくり返される。

「え、何……っ？」

あおむけになった理人の上に、足を大きく開いた詩寿が同じくあおむけで乗っている——今までとは違う繋がり方は、下肢が丸見えになるぶん、羞恥心《しゅうち》が桁外《けたはず》れだった。

「や————っ」

ベッドのスプリングを利用して揺さぶられ、注がれた精液と体液とが入り交じってぬぷぬぷと飛び散るほど大きく抜き差しされて、濃厚すぎるじゃれ合いに、まだまだ初心者の詩寿が悲鳴を上げる。

「いや、理人さん、これ、やぁぁ……っ」

「中は喜んでいるぞ」

「その言い方、いや……！　理人さんの、ばかぁ……っ」

にやりと口もとを笑ませ、理人が繋がったままの腰を下から突き上げて妖《あや》しく揺らめかせる。

「俺は、お前のものだ。そのことを……一生、忘れるな」

理性のほとんどが溶けて消えてしまっている今、そんなことを言われても、詩寿には応える余裕がない。

理人が膝を立てると、詩寿の身体は完全にベッドから浮いてしまう。

浮遊感が余計に官能を燃え上がらせて、冗談ではなく下肢から溶けてしまいそうで、恐怖と紙一重の快感に溺《おぼ》れさせられる。

「っひ…………っ！」


春のあまい香りが漂う妖しい夜。

一晩中ベッドが軋み続け、あまい快楽を孕《はら》んだ呻き声が、芳《かぐわ》しい夜風に紛れて消える。

新婚夫婦のための夜は、ゆっくりと更けていった――。

【エピローグ】

「理人《りひと》さん、今夜の予定は？」

出勤する夫の見送りに出た詩寿《しず》は、朝の光の眩《まぶ》しさに目を細めた。

盛夏を過ぎたばかりの陽光は強くて、視界に入るすべてをくっきりと際立たせる。夏は空も緑も、何もかもが精彩を強めて色濃い季節だ。

重厚な造りの龍城《りゅうじょう》邸はきらきらと朝陽を浴びて、今朝も燦然《さんぜん》と輝いていた。

詩寿は結婚してからもしばらくは理人専属の第二秘書として勤務していたが、少し前から、休暇に入っている。この龍城邸で、留守番だ。

「銀行頭取との会合があるが、できるだけ早く戻る……おい、そこは危ないぞ」

玄関から車寄せに出る段差に気づいた理人が、詩寿の肩を抱き寄せて支えた。

「あ……ついうっかり。ごめんなさい」

「大丈夫か？　足を挫《くじ》いたりしていないだろうな？」

このところやけに心配性になってしまった理人の顔を見上げて、詩寿がにっこりする。

「平気」

木々の多い龍城邸の敷地内でも、蝉時雨《せみしぐれ》が降り落ちる。

「今日も暑くなりそう」

理人はいつものように隙のないスーツに身を固めているが、詩寿は肌触りの良い、さらりとした洋服を着て、薄いショールを形だけ羽織る軽装だった。

しばらくの間は、着物より洋服のほうが何かと便利そうだからと、これも理人からのプレゼントである。

「見送りなんてしなくていいから、涼しいところでおとなしくしていろ。ああでも、身体を冷やしすぎないように適度にな？　散歩に出るなら、必ず笹谷《ささたに》かメイドを供につけろ。ひとりで歩いて転んだりしたら大変だ」

出勤前の理人を迎えに来た海流《かいる》も、横から口を挟んだ。

「そうですよ、ただの休みではありません。身体を労って、母子ともに健やかにお過ごしになるのが務めですよ。わずらわしいことはなさらず、どうか安静にしていてください」

詩寿が嚙《か》み殺しきれずに、ふふ、と口もとを手で覆《おお》って笑う。

「室長が、理人さんより心配性だとは思いませんでした」

理人も笑みを刷《は》いた。

「お前の妊娠を知ってからというもの、海流は、俺より緊張しているからな」

「当然です。男女どちらであれ、龍城家の正統な後継ぎとなる御方ですよ？　そのお命が宿っている大切なお身体なのですから、大切にしても、し過ぎるということはありません」

海流に限らず、詩寿が妊娠してからというもの、周囲の人間すべてが落ち着かない。

そのおかげか、妊娠初期の詩寿は今のところ、わりと落ち着いている。

龍城家は代々長男があとを継ぐ習わしだったが、次代からは性別関係なしに第一子が受け継いでいくことになる。

そうするように、理人が総帥と相談したうえでしきたりに手を加えた。

「予定日は年が明けてからだし、まだ産休に入る時期でもないのに」

ちょっとだけ、詩寿は不満だ。

出産予定日は来年の三月あたりで今は、八月の終わり。

産休に入るには、早すぎる時期である。まだ、お腹も目立たない。

仕事は、規定どおりの産休に入るぎりぎりまでするつもりだったが、理人たちの説得で早めに一度休みを取ることになってしまった。

悪阻《つわり》の時期を――詩寿の悪阻は今のところ、そうひどくはないのだけれど――安全に過ごしつつ、龍城家のしきたりにのっとって、出産するまでに産着を縫い上げなくてはならない。

子どもが初めて身に着ける品は、母親が手縫いするのが龍城家の決まりだ。

腹帯を着ける日には親族の経産婦全員に挨拶《あいさつ》をされる習わしもあるし、詩寿の母親が様子を見に来る予定もある。

お腹の子どもが産声を上げるまでは詩寿が退いて休みを取るが、生まれたあとは理人も育児休暇を取ることになっている。

次期総帥自ら率先して、子育てに積極的に関わっていくのだ。

ドゥオデキム・コンツェルンの社員たちも男女平等に育児に携《たずさ》われるように、という意図も含まれているらしい。

「育児休暇を終えて復帰なさったら、またびしびし扱《しご》かせていただきます。それまではどうぞ、お身体を大切になさってください」

「復帰は時短勤務からですよね。また、よろしくお願いしますね」

広い玄関の奥でメイドから何やら報告を受けた執事の笹谷が、静かに車寄せまで出てきて恭《うやうや》しく一礼した。

「奥方さま。これから、三条《さんじょう》家のご令嬢がお見えになるそうでございます。奥方さまに、緊急でご相談したい用件がおありだとか」

詩寿のそばでそれを耳にした海流が、何もないフラットな場所で蹴躓《けつまづ》いた。

「どうしたんですか？　室長。夏バテですか？　それとも立ちくらみ？」

「あ、いえ……大丈夫です。お見苦しいところをお見せして、申し訳ありません。そろそろ参りましょう、理人さま」

理人はなぜか、意味ありげな眼差《まなざ》しで海流を見ている。

詩寿のおとがいを掴《つか》んで軽くキスすると、理人は運転手がドアを開けて待つ車の中へ乗りこんだ。

「行ってくる」

「行ってらっしゃいませ」

車が緩やかなスロープを上って、神々しい龍の彫り物で飾られた、重厚な屋根のついた門扉を通り抜けていく。

黒塗りの大型車が大通りに出て行くまで見送ってから、笹谷に付き添われて、ゆっくりとした足取りで屋敷の中に戻る。

詩寿は、リビングのソファに落ち着いた。広大な中庭に面したリビングは、窓を開けていると敷地を取り囲む森を通って風が吹き抜けていくので、とても涼しい。

詩寿たちの主寝室の、ちょうど二階下に当たる場所だ。

「笹谷さん。今日は令稀《れいき》も遊びに来るって言っていました。まだ夏休みだけど、登校日なんですって。お昼過ぎには来ると思います」

「かしこまりました。令稀さまは、プリンやアイスクリームがお好みでしたね。準備万端整えさせていただきます」

「ありがとうございます。お願いします」

詩寿は微笑《ほほえ》む。ひとりでいる間に、少しずつ、やるべきことを済ませなくてはならない。

詩寿の膝の上には、縫いかけの産着――となる予定のガーゼの布が広がっている。

「――本当にこれが、産着になるのかしら。赤ちゃん、こんなの着せられて怒らないかなあ……？」

笹谷がにっこり微笑んで、それから詩寿の手もとを見て、ちょっと笑顔を引き攣《つ》らせた。

「お母さまが縫ってくださったものですから、お怒りにはならないと……存じますよ」

そして一呼吸置いて、懸命にフォローを入れる。

「生まれてすぐはよく目がお見えにならないでしょうし、そういったものは着心地のほうが重要でございます」

「お気遣いいただいてすみません。令稀が手伝ってくれる約束ですし、今よりはましになるはずですけど……」

小学生の弟に頼るというのがなんとも情けないが、頭脳明晰な令稀は手先も器用だ。それに、甥か姪が生まれて叔父になるのを待ちきれず、暇を見つけては詩寿のもとへ遊びに来る。

「頼もしい弟君でございますね」

裁縫道具の脇には、秘書検定のための教本やビジネス会話の専門書などが数冊。

結婚しても出産しても仕事を続けたいという詩寿の意思に――ドゥオデキム・コンツェルンの重役たちは目を剥《む》いたけれども――理人は賛同してくれた。

実際に子どもが生まれて、予定どおりに復帰できるかはまだわからない。子育てには予想外のことも多いと聞くから、その時々で対応していきたい。

でも今は、秘書として復帰することが目標だ。

先のことは誰にもわからないし、未来の夢はどんどん変わっていく。

詩寿も秘書としてではなく妻として理人を支えることに、生きがいを見いだすかもしれない。あるいは今よりももっとパワフルに、秘書の仕事に取り組むようになるかもしれない。

どう変化していくのかは、詩寿自身、とても楽しみにしている。

そうポジティブに考えるだけの余裕が、今はあった。

「私も令稀に負けずに、今のうちに勉強しておかないと」

少しだけ欲張って勉強して、あとは焦《あせ》らずゆっくりと、自分らしいペースで。

理人の傍《かたわ》らで、自分らしく生きていく。

「奥方さまは今でも充分、お勉強家でいらっしゃいますよ」

「いいえ。結婚披露のお茶会では散々な出来映えで、招待客全員を涙目にさせちゃいましたし」

あれは悪いことをしたと、今でも反省している。

もともとお手前に自信がないうえに緊張しすぎていた詩寿は、あり得ないほど苦いお茶を点《た》ててしまったのだ。

育ちの良い貴婦人たちはこの世のものとは思えないどろどろとした液体を、文句も言わずに飲み干してくれた。

もとより龍城理人の新妻に、面と向かって文句を言えるはずもない。

「お花も、私が生けるとなんか歪《いびつ》になるのは、なんでなの……？」

それに関しては、笹谷は賢明に沈黙を保った。生ける端から花がお辞儀して垂れてしまうのは、花にとっても詩寿にとっても気の毒なありさまで、とても見ていられないからだ。

「それより笹谷さん。今朝の室長、様子が変だったんです」

いつも冷静沈着な海流がどこか落ち着かず、ピリピリしているように見えた。

「心当たり、ありますか？　まさかまた、どこかから脅迫状が来たとかじゃないですよね？」

そのとき、玄関先で慌ただしい物音が聞こえた。

自分で運転してきた車を車寄せで放り出し、纏莉《まつり》が案内も乞《こ》わずにリビングに駆けこんでくる。どうやら今日は、有休を取ったらしい。

「おはようヒツジちゃん！　大変なの、聞いて！」

「どうしました？」

詩寿は手でお腹を軽く押さえるようにしながら、とっさに立ち上がる。

お腹の膨らみはまだ気にするほどでもないのだが、無意識のうちに庇《かば》うしぐさが増えた。

「昨日、海流に……海流にプロポーズされたの！」

「室長に!?」

「どうしようどうしよう、わー、どうしよう……！」

詩寿は、すっかり興奮している纏莉の背中を撫《な》でてなだめようとした。

「落ち着いてください、気持ちはよくわかります」

そこへ、またしても玄関先が賑《にぎ》やかになる。

「詩寿と、お腹の孫～！　おじいちゃまがプレゼントを持ってきたよ～！」

遠くからでもよく聞こえる朗《ほが》らかな声音に、詩寿はあきれて笑う。

「……お父さままで来ちゃった」

高俊《たかとし》はこのところ毎日のように詩寿のためのお茶やお菓子やマタニティードレスや、子どものための玩具や洋服などを持ってきているのだ。

理人が準備させた子ども部屋のうちのふたつは、高俊からのプレゼントですでに埋まっている始末。

一晩中眠れずに考えてパニックになった纏莉が、詩寿の腕を掴む。

「ヒツジちゃん、私どうしたらいいと思う!?　海流は幼なじみだし、頼りになる人だとは思うけど、でもちょっと展開早くない!?」

勢いよくドアを開けて、高俊が入ってくる。

「やあ、詩寿！　そしてお腹の孫！　ご機嫌はどうだい？　おや三条家の纏莉嬢、またお目にかかれてとても光栄。よろしければ、今度ゆっくりとお茶でもいかがでしょう？」

「あああ、また騒がしくなっちゃった」

理人が結婚するまで、この屋敷がこんなふうに賑やかになったことはなかった。

笹谷はにこにこと温厚な笑顔を漂わせながら、女主人のために助け船を出す。

「三条家のお嬢さま、どうぞ落ち着いてくださいませ。ただいま、神経を鎮めるお茶などお持ちいたしましょう。八条家の旦那さま、プレゼントはもう山積みになっておりますよ。総師からの贈り物に旦那さまからの贈り物で、子ども部屋はもう満杯でございます」

「そうなのかい？　それならいっそのこと、倉庫代わりに別荘を買ってプレゼントしようか。そうだな、それがいい。そうしよう」

「お父さま、落ち着いてちょうだい」

「大変でございます！　奥方さま、笹谷さん！」

年若いメイドがひとり、リビングに駆けこんできた。

「どうしました？　お客人さま方の前で、何事ですか」

制服を綺麗《きれい》に着こなしたメイドが、興奮した面持ちで伝える。

「今日、総師がこちらにお見えになるそうでございます！　今、総師付きの方から知らせが参りました！」

「お義父《とう》さまがいらっしゃるの!?」

詩寿が飛び上がる。

笹谷も驚きに目を瞠《みは》り、それから表情を引き締めて素早く指示を飛ばした。

「まずはお茶のご用意を、完璧に。お好みの茶葉を用意しつつ、お好みが変わっていないかどうか別邸に確認を取りなさい！　それから玄関に飾る花は奥方さまが昨日生けたものを飾って、今置いているものは下げなさい。練習の成果をお見せしなければ」

「それはやめてぇ」

今日はさらに、令稀もやって来る。

とても、詩寿だけでは相手をしきれそうにない。

「ヒツジちゃん私、どうしたらいいと思う⁉」

腕に纏莉を貼りつかせた詩寿はため息をついて、笹谷に向き直った。

「……笹谷さん。どうしたらいいかしらね？」


執事からの連絡を受けて、その夜、あまり遅くならないうちに理人が海流を伴《ともな》って帰宅した。

「理人さん、お帰りなさい！」

詩寿が、玄関まで出迎える。

ただいまのキスをする理人の耳に、屋敷内の喧騒《けんそう》が届く。

応接間からは、纏莉の声、高俊の声、令稀の声――そして、父親である総帥の声まで聞こえる。

「今日も、賑やかだったようだな」

この騒動にも、もうすっかり慣れてしまった――理人は苦笑して、詩寿のお腹に手をあてがった。

詩寿と一緒に出迎えに来た笹谷が、主人夫妻の睦《むつ》まじい様子を見て、蕩《とろ》けそうに目を細めた。海流は相変わらずの無表情だが、目の奥で微笑しているのがわかる。

「疲れていないか」

「大丈夫。楽しかった」

「それならいい」

優しく微笑む理人に、詩寿はそっと囁《ささや》きかけた。

「でも……理人さん、お願いがあるの」

「なんなりと」

「お義父さまとお父さまが、お腹の子の名前のことで真剣に話し合いを始めて、もう五時間以上になるの」

理人が瞠目した。

「まだ性別もわからないのにか？」

「そうなの」

そこへ令稀や纏莉まで参加しているものだから、収拾がつかない。

「気が早すぎるでしょ？　止めてもらえる？」

許せないな、と理人は顔をしかめた。

「子どもの名前を決めるのは、俺とお前だ。他の人間に口を挟ませるつもりはない」

理人が、応接間への参戦を決める。

「おいで、詩寿。俺が考えている名前も聞いてくれ」

理人が詩寿の腰に手を回し、歩き始める。

詩寿は一瞬呆気《あっけ》に取られたあと、幸せそうに笑い出した。

「理人さんまで……私の考えている名前も、聞いてね？」

まだ見ぬ新しい命に、早く逢いたくて仕方ない。

最高の名前を考えよう。

生まれて来る子に、最高の幸せが訪れるよう――そして、元気に生まれてきてくれるよう、願いをこめて。

両親の愛の結実として、あなたは生まれるのだから。

どちらからともなく見つめ合い、ふたりはそっと口づけた。

【あとがき】

なんで唐突に「一本背負い」というネタが振ってきたのか――そこのあたりが、作者自身でもよくわかっていません。

ネタはいつも前触れなし。

こんにちは。水瀬ももです。

天然ヒツジな詩寿と詩寿にドはまりした理人のお話、いかがでしたでしょうか。

お楽しみいただければ嬉しいです。


『冷徹な次期総帥が天然花嫁にドはまりしたので政略結婚して溺愛することにしました』と、ちょっと長いタイトルですが、どうぞ皆さま、お好きに略して呼んでくださいませ。

和風でレトロ、好きな要素をいっぱい盛りこみました。

好きすぎて、この本を執筆中、デニムの着物を奮発して購入してしまいました。

二部式なので着るのがとても簡単で、お気に入りです。

詩寿のように高価なお着物を着ることはないのですが、お手軽に楽しんでいます。

表紙のふたりのイラストが素晴らしく色っぽくて、「理人さん、手！　手！」と思わず突っ込んでしまい、担当さまに笑われてしまいました。

小島きいち様、きらっきらでドラマチックなイラストをありがとうございました！

担当さま始め、お世話になった各所の皆さまに、心より御礼申し上げます。

そして、この本をお手に取ってくださったあなたに、心からの感謝を捧げます。

よろしければ、またお会いできることを祈りつつ。

ルネッタ Ⓛ ブックス

オトナの恋がしたくなる♥

私の天使は、ずいぶんと
感じやすい身体をしている

惹かれあう気持ちを止められない、
義兄妹の歪んだ愛。

ISBN978-4-596-70880-9　定価1200円＋税

禁断秘戯
ヤンデレ義兄の一途な執愛

MOMO MIZUSE

水瀬もも

カバーイラスト／三廼

父の訃報を受け、留学先の英国から帰国した希羽は、義兄の周と十年ぶりの再会を果たす。実父を亡くした希羽に常に寄り添い、昔と同じように溺愛してくる周に惹かれるが、この想いは義兄に対して抱いてはいけないもの。それなのに、「今夜だけでいい、私を受け入れてくれ」ある晩、周から乞われ、一度だけと決めて彼に身を任せるけれど……!?

ルネッタⓁブックス

冷徹な次期総帥が天然花嫁にドはまりしたので政略結婚して溺愛することにしました

2023年7月25日　第1刷発行 定価はカバーに表示してあります

著　者　水瀬もも　©MOMO MIZUSE 2023
発行人　鈴木幸辰
発行所　株式会社ハーパーコリンズ・ジャパン
東京都千代田区大手町 1-5-1
03-6269-2883（営業部）
0570-008091　（読者サービス係）
印刷・製本　中央精版印刷株式会社

Printed in Japan ©K.K.HarperCollins Japan 2023
ISBN978-4-596-52022-7